Tony Earley

Jim Glass

Roman

Aus dem Amerikanischen übersetzt
von Karen Nölle-Fischer

Klett-Cotta

Für Sarah California

„Ich bin so gern hier im Stall", sagte Wilbur. „Ich liebe einfach alles hier."

E.B. White
Wilbur und Charlotte

Inhalt

Prolog

An
Mr. Amos Glass
Lynn's Mountain, North Carolina

26. Dezember 1924

Sehr geehrter Mr. Glass,
wenn ich Ihnen heute schreibe, so geschieht es mit schwerem Herzen, denn Ihr Sohn Jim ist, kaum dreiundzwanzigjährig, ins ewige Leben eingegangen. Vor gut einer Woche ging Jim morgens allein zum Hacken in die Baumwolle und kehrte zu Mittag nicht heim. Als mein Bruder Al ihn auf dem Acker an der Stelle fand, wo er hingestürzt war, war er bereits tot. Der Doktor sagt, er ist an Herzversagen gestorben und hat nicht lange gelitten. Meines Wissens ist Jims Mutter in jungen Jahren auf ähnliche Weise gestorben, und es ist sehr, sehr traurig, daß ein Mann gleich zweimal im Leben mit einer solchen Nachricht fertigwerden muß, daher möchte ich Ihnen heute mein herzliches Beileid aussprechen.

Wie Sie wissen, war Jim mit meiner Schwester Elizabeth verheiratet, die bei uns Cissy heißt. Cissy ist von Jims Tod sehr schwer mitgenommen, und es geht ihr nicht gut. Da Sie und Jim sich in den letzten Jahren ganz entfremdet hatten, bat sie mich, Ihnen erst nach Jims Beerdigung zu schreiben, und ich habe mich nach ihrer Bitte gerichtet, da sie seine Frau war. Ebenfalls ihrem Wunsch gemäß haben wir Jim auf dem Feld an der Stelle, wo er gestürzt ist, ein christliches

Begräbnis gegeben und einen Stein für seinen letzten Ruheplatz bestellt sowie einen Zaun, der den Platz einfrieden soll. Es tut mir leid, daß Sie keine Gelegenheit hatten, das, was Sie und Jim entzweit hat, aus der Welt zu räumen, denn auch wenn ich Jim lieben gelernt habe wie einen Bruder und dem Herrgott für die kostbare Zeit danke, die er als Mitglied unserer Familie verleben konnte, bin ich in diesen traurigen Tagen in Gedanken am meisten mit jenen Gelegenheiten beschäftigt, bei denen ich es ihm gegenüber an Geduld und Milde habe fehlen lassen. Ich bete zu Gott, daß er bei seinem Tod in seinem Herzen keinen Groll gegen mich hegte.

Doch genug der Traurigkeit!

Ich schreibe Ihnen heute auch, um Ihnen eine sehr glückliche Nachricht zu unterbreiten. Gestern ist Cissy von einem Sohn, Ihrem Enkelsohn, entbunden worden, den sie zum Andenken an seinen Vater Jim Glass genannt hat. Jim ist ein prächtiger Junge von gesundem Gewicht, mit blonden Haaren und guten Lungen. Obwohl in unserem Haus weiter große Trauer herrscht, hat Jims Ankunft uns daran gemahnt, daß das Leben weitergeht und daß es Gottes Wille ist, daß wir auch dann sein Werk weiter verrichten, wenn wir traurig sind und seinen Plan nicht verstehen. Jedesmal wenn Jim weint, ist es ein Aufruf an uns alle hier, unser Bestes zu geben, und eine Erinnerung an die Liebe unseres Herrn Jesus Christus. (Wieviel größer wäre unsere Trauer, wenn Jim nicht wäre!) Wie ich jedoch bereits erwähnte, geht es Cissy nicht gut, und ihr Zustand verbietet es, Besucher zu empfangen. Ich hoffe inständig, daß Ihnen die Zukunft eines Tages die richtige Gelegenheit beschert, Ihren Enkelsohn kennenzulernen, damit er Ihre Trauer lindere, wie er unsere Trauer schon zu lindern begonnen hat.

Mr. Glass, ich verspreche Ihnen hiermit feierlich,

daß wir Jim im Herzen unserer Familie großziehen und mit Gottes Hilfe dafür sorgen werden, daß er zu einem Mann wird, wie sein Vater sich ihn gewünscht haben würde. Jim war ein guter Christ und ein fleißiger Mann, und er war der unsere, wie er der Ihre war, und sein Name wird nicht vergessen werden, solange sein Sohn auf Erden in seinen Fußstapfen wandelt.

Ich hoffe, Ihnen geht es den Umständen entsprechend gut und die in diesem Brief enthaltene Freude kann ein wenig die Trauer aufwiegen, die Sie in diesem Augenblick empfinden müssen und die ich überhaupt nicht zu ermessen vermag.

Ich verbleibe
hochachtungsvoll
Ihr Zeno McBride (Jims Schwager)

Erstes Buch

Geburtstagskind

Frühstück

Während der Nacht geschah so etwas wie ein Wunder: Jims Alter hatte plötzlich eine zweite Ziffer. Als er schlafen ging, war er neun Jahre alt, und als er aufwachte, war er zehn. Die zusätzliche Ziffer hatte ein spürbares Gewicht, und Jim schwang sie empor wie eine Trophäe. Seine drei Onkel hatten jeder zwei Ziffern in ihrem Alter, und jetzt hatte er auch zwei. Er lächelte und streckte sich und sog den Morgenduft ein. Holzrauch, Brötchen im Ofen; kühler Geruch nach Fluß und Tau. In sein Fenster sah ein Licht, das noch nicht ganz taghell war, und hinaus schaute eine ergrauende Finsternis. Eine müde Grille zirpte sich in den Schlaf. Die Grille hatte die ganze Nacht gearbeitet. Jim stand auf und ging dem wartenden Tag entgegen.

Jims Mutter zog die Ofentür mit einem Geschirrtuch auf. Mama war groß und blaß und hübsch; ihr Hals war lang und weiß. Sie war noch keine dreißig, aber sie trug einen langen schwarzen Rock, der ihrer Mutter gehört hatte. Der Rock ließ sie nicht älter erscheinen, sondern er vermittelte den Leuten im selben Zimmer mit ihr das seltsame Gefühl, sie hätten sich in eine alte Photographie verirrt und wüßten sich nun nicht richtig zu benehmen. An den Tagen, wenn Mama die langen Kleider ihrer Mutter trug, machte Jim die Fliegentür leise hinter sich zu.

„Da ist er", sagte Mama. „Unser Geburtstagskind."

Jims Herz flog auf wie ein Blatt Papier, das vom Wind getragen wird, und landete rasch wieder auf dem Boden. Die Liebe zu seiner Mutter war an ein Mitgefühl gekettet, das unten in seinem Bauch saß wie ein Knoten. Der Tod seines Vaters hatte etwas in ihr zerbrochen, das nicht wieder geheilt war. Sie zog die Schwere, die einst Trauer gewesen war, hinter sich her wie einen Pflug. Die Onkel, die Frauen in der Gemeinde, die Leute im Ort hatten längst alle Versuche aufgegeben, sie zu überreden, den Pflug endlich fortzuwerfen. Sie fanden sich damit ab, über die tiefen Furchen, die sie zog, hinwegzutreten, oder sie stiegen hinein und folgten ihr. Jim wußte nur, daß seine Mutter traurig war und daß er irgendwie zu ihrer Trauer beitrug. Als sie sich zu ihm hinunterbeugte, um ihm einen Kuß zu geben, war der Fliederduft ihrer Wange zugleich so frisch und so traurig wie der Geruch neu umgegrabener Erde auf dem Kirchhof.

„Oh, Jimmy", sagte sie. „Wie in aller Welt bist du so schnell zehn Jahre alt geworden?"

„Weiß ich nicht, Mama", sagte Jim, und das entsprach der Wahrheit. Er war genauso darüber erstaunt wie sie. Er war seit zehn Jahren am Leben; sein Vater, der wie er Jim Glass geheißen hatte, war seit zehn Jahren und einer Woche tot. Das war eine Menge zum Nachdenken vor dem Frühstück.

Mama legte die Brötchen, die sie aus dem Ofen geholt hatte, in einen Strohkorb. Jim brachte den Korb ins Eßzimmer. Um den langen Tisch saßen schon die Onkel.

„Wer ist das?" fragte Onkel Coran.

„Den kenn ich nicht", sagte Onkel Al.

„Wer immer das ist, er sieht aus wie ein komischer Kauz", sagte Onkel Zeno.

„Ihr kennt mich doch", sagte Jim.

„Nee, keine Ahnung, wer du bist", sagte Onkel Coran.

„Ich bin Jim."

„Sehr erfreut", sagte Onkel Al.

„Laßt das", sagte Jim.

Die Onkel waren lange, dünne Männer mit breiten Schultern und großen Händen. Jeden Morgen vertilgten sie zu dritt zwei Dutzend Brötchen und Rührei von einem Dutzend Eier und einen großen Teller Schinken. Das alles spülten sie mit einer Kanne schwarzem Kaffee und großen Gläsern frischer Milch hinunter.
„Sind das Brötchen, Jim?" fragte Onkel Zeno.

Jim nickte.

„Dann setz dich mal zu uns."

Jim bemühte sich, alles immer so zu machen wie seine Onkel. Er aß Brötchen und Eier, bis er dachte, ihm würde schlecht. Als

Onkel Zeno endlich fragte: „Meinst du, du hast genug gegessen, Doc?", ließ Jim seine Gabel fallen, als wäre er begnadigt worden.

Onkel Zeno war Jims ältester Onkel. Er war schon ziemlich betagt, schon über vierzig. Onkel Coran und Onkel Al waren Zwillinge. Sie behaupteten beide steif und fest, sie sähen dem anderen nicht ähnlich, was natürlich nicht stimmte. Sie glichen sich wie ein Ei dem andern, bis man sie näher kannte, und manchmal selbst dann noch. Keiner der Onkel fand es komisch, daß sie in drei gleichen Häusern wohnten. Onkel Al und Onkel Coran hatten sich ihre Häuser gebaut, als sie junge Männer waren, aber wie Onkel Zeno hatten auch sie nie eine Frau genommen. Die meisten Zimmer in ihren Häusern waren nicht einmal möbliert; nur in Onkel Zenos Haus stand ein Herd in der Küche.

Jims Mutter kochte und putzte für die Onkel. Als sie meinte, daß es ihr zuviel werde, stellten die Onkel eine Frau ein, die ihr zur Hand ging. Onkel Coran war der Besitzer der Futterwarenhandlung und der Entkörnungsmaschine. Onkel Al bewirtschaftete die Farmen. Onkel Zeno arbeitete mit Onkel Al auf den Feldern und betrieb Samstag morgens die Feldmühle. Als Familienoberhaupt sah er überall nach dem Rechten. Von Zeit zu Zeit waren die Onkel sauer aufeinander, dann zogen sich Onkel Al und Onkel Coran gleich nach dem Essen in ihre eigenen Häuser zurück. Dort setzten sie sich an den eigenen Kamin oder auf die eigene Veranda und blieben für sich, bis ihr Zorn verflog. Im allgemeinen freilich kamen alle in der Familie gut miteinander aus; so gut, daß böse Worte in Jims Ohren immer so absonderlich klangen wie ein Lied, das in der falschen Tonart gespielt wurde.

Jim klopfte sich auf den Bauch. „Das sollte bis zum Mittag reichen", sagte er.

„Du hast tüchtig gefuttert", sagte Onkel Coran.

„Na ja", sagte Jim, „ich bin jetzt auch zehn Jahre alt."

„So, so", sagte Onkel Al.

„Ich hab gedacht, es wird langsam Zeit, daß ich mit euch zur Arbeit geh", sagte Jim.

„Hmm", machte Onkel Zeno.

„Ich dachte, ihr könnt vielleicht jemand brauchen, der im Mais beim Hacken hilft."

„Für einen guten Arbeiter finden wir meistens was zu tun", sagte Onkel Zeno. „Bist du ein guter Arbeiter?"

„Ja, Sir", sagte Jim.

„Du hast keine Angst vorm Arbeiten?"

„Nein, Sir."

„Was meint ihr, Jungs?" fragte Onkel Zeno.

Onkel Al und Onkel Zeno sahen sich an. Onkel Coran zwinkerte Jim zu.

„Ich denke, wir probiern's", sagte Onkel Al.

„Dann man los", sagte Onkel Zeno.

Ein Arbeitstag

Nach dem Frühstück ging Onkel Coran in den Laden, um ihn aufzumachen. Jim fuhr mit Onkel Zeno und Onkel Al im Laster aufs Feld. Er stellte sich auf die Ladefläche und guckte über das Führerhäuschen voraus. Mit einer Hand hielt er sich am Laster fest und mit der anderen hielt er seinen Strohhut. In der frühen Morgenstunde wirkte die Welt wie neugeschaffen, unfertig, die taufrische Luft wie eine erst heute ausgedachte Erfindung. In den Niederungen am Fluß huschten noch vereinzelt Nebelgeister durch die Bäume. Die Landstraße führte geradewegs in die aufgehende Sonne; als die Sonne sich von der Fahrbahn löste, schien sie auf einmal sehr weit weg. Der Himmel wurde in einem Augenblick, den Jim erst registrierte, als er vorüber war, blau, als hätte er die Farbe noch nie probiert und wäre nicht sicher, ob sie den Leuten auch gefallen würde. Jim lachte ohne jeden für ihn ersichtlichen Grund laut auf.

Am Rand der Flußniederung wurden sie von fünf Feldarbeitern erwartet. Die Feldarbeiter waren schwarze Männer, die auf dem Hügel hinter der neuen Schule im Wald wohnten. Sie traten ohne viele Worte an den Laster und nahmen sich Hacken von der Ladefläche. Jim schnappte sich die neueste Hacke. Ihr Stiel war noch glatt und glänzend poliert, das Hackblatt noch nicht angerostet. Onkel Zeno schüttelte den Kopf.

„Gib die Abraham, Doc“, sagte er.

Abraham hatte weißes Haar. Er konnte sich an den Tag erinnern, als ein Soldat ihm verkündet hatte, daß er frei sei. Er war der Vater oder Großvater der meisten Leute, die auf dem Hügel lebten. Jim wollte Abraham seine Hacke nicht geben.

„Die will ich haben“, sagte er.

„Ich nehm die hier“, sagte Abraham. Er holte sich die letzte Hacke von der Ladefläche. Der Stiel war ungefähr auf halber Höhe abgebrochen. Alle anderen Hacken waren schon weg.

„Die ist für Jim", sagte Onkel Zeno. Er nahm Jim die neue Hacke aus der Hand. Abraham gab Jim die Hacke mit dem abgebrochenen Stiel. Jim hütete sich, noch etwas zu sagen.

„Dann wolln wir mal sehn, daß wir 'n Stück gehackt kriegen", sagte Onkel Zeno.

„Spätestens Mittag wirst du froh sein, daß du die Hacke hast", sagte Abraham. „Die iss schön leicht."

Jim war immer noch aufgebracht. „Ich bin heute zehn geworden", sagte er.

„So, so", sagte Abraham.

Jim ging mit den Onkeln und den Feldarbeitern durch das nasse Gras bis ans Ende der Niederung. Seine Hosenbeine wurden naß; der Stoff schlug kalt an seine Haut. Ein Mann nach dem andern verließ die Schar, bis sie alle je zwei Reihen voneinander entfernt aufgestellt waren. Jeder Mann würde eine Reihe von einem Ende bis zum andern hacken und sich auf dem Rückweg die Reihe daneben vornehmen. Dann würden sie ans Ende der Schar wechseln und die nächsten beiden Reihen hacken. Und so weiter, bis das ganze Feld gehackt war. Jim nahm sich die beiden Reihen neben Onkel Zeno vor.

Der Mais reichte den Onkeln an die Knie, Jim aber beinahe bis zur Mitte. Das Feld war dreißig Acres groß. Es würde mehrere Tage dauern, bis es fertig gehackt war. Wenn sie mit dem Hacken fertig waren, würde Onkel Al mit den Maultieren und dem Kultivator wiederkommen, um den Boden zwischen den Reihen aufzulockern. Dann würde das Feld gras- und unkrautfrei sein; der Mais konnte ungehindert wachsen. Am Ende des Sommers würden sie mehr zum Verkaufen und Mahlen und für die Maultiere haben.

Onkel Zeno trat zu Jim in die Maisreihe. Jim kriegte rote Backen. Er spürte, wie die Feldarbeiter ihn beobachteten.

„Du mußt das so machen, Doc", sagte Onkel Zeno. „Du setzt das Hackblatt am Stengel an und ziehst es zu dir hin. Auf die Weise hackst du den Mais nicht um."

„Ich kann schon hacken“, sagte Jim.

„Dann zeig es mir“, sagte Onkel Zeno.

Jim drosch auf ein kleines Grasbüschel ein. Das Hackblatt schnitt sauber in einen Maisstengel. Der Maisstengel kippte langsam um, wie ein Baum. Jim hörte einen Feldarbeiter lachen.

„Dafür gibt es einen Hieb“, sagte Onkel Zeno.

Onkel Zeno hatte Jim noch nie geschlagen, aber Jim lebte in steter Angst davor, daß er es tun könnte, denn Onkel Zeno zählte ständig die Hiebe, die er für Jim in petto hatte. Er behauptete, er führe Buch darüber. Wenn Jim eine Sache gut machte, verkündete er, er werde einen oder zwei Hiebe streichen. Nach Jims Rechnung war er meistens ein bis zwei Hiebe im Minus.

„Diese Hacke ist schuld“, sagte Jim. Das abgebrochene Stielende war so scharf wie eine Speerspitze.

Onkel Zeno ging auf ein Knie runter und sah Jim ins Gesicht. „Jim“, sagte er. „Ich hab keine Zeit, mit dir über die Hacke zu streiten und mir Ausreden anzuhören. Willst du mir helfen, oder willst du nach Hause gehen?“

„Ich will dir helfen“, sagte Jim.

„Gut. Dann guck her.“

Onkel Zeno zog seine Hacke flink über das Grasbüschel, das Jim verfehlt hatte. Die Graspflanze kam sauber mit, und er kratzte sie in die Mitte zwischen die Reihen.

„Jetzt du.“

Jim schabte einen kleinen Kleeschößling heraus. „Prima“, sagte Onkel Zeno. „Die Hacke funktioniert ja doch.“

Onkel Zeno trat wieder in seine eigene Reihe. Die Feldarbeiter und Onkel Al hatten bereits losgelegt. Onkel Al war den anderen ein Stückchen voraus. Keiner der Onkel ließ sich gern den Rang ablaufen. Auch Jim mochte nicht verlieren. Er beschloß, noch vor dem Ende der Reihe Abraham zu überholen. Dann würde Onkel Zeno die kaputte Hacke nach dem Essen Abraham zuteilen. Vielleicht würde Onkel Zeno Abraham nach Hause schicken.

Ohne aufzublicken kratzte Jim den Boden um die ersten zehn Maisstengel in seiner Reihe sorgfältig frei. Er schob das Unkraut und Gras zu ordentlichen Haufen zusammen. Am zehnten Stengel stieß er auf ein Grasbüschel, das zu fest saß, als daß es sich mit der Hacke ausreißen ließ. Er ging auf die Knie nieder und zog mit beiden Händen daran. Es rührte sich nicht. Er bohrte die scharfe Spitze seines Hackenstiels unter das Gras und stemmte. Er stemmte und zog abwechselnd am Gras, bis die Wurzeln sich endlich mit einem reißenden Geräusch lösten. Jim wuchtete das Grasbüschel hoch in die Luft wie eine Trophäe oder einen großen Fisch. Die Wurzeln hielten einen Erdklumpen fest, der so groß war wie eine Katze. Er guckte sich um, ob jemand ihn sah, aber es war niemand mehr da. Er konnte keinen der Männer sehen, bis er aufstand. Die Onkel und die Feldarbeiter waren gut hundert Schritte vor ihm und bewegten sich in gemächlichem Tempo weiter fort. Allen voraus war Onkel Al. In gleicher Entfernung, dicht hinter ihm, lagen Onkel Zeno und Abraham auf Platz zwei.

Jim drehte sich um und blickte zum Anfang seiner Reihe zurück. Er konnte bis dahin spucken. Er ließ seinen Blick in die umgekehrte Richtung zum entfernten Ende der Reihe wandern. Das Wäldchen am Fluß wirkte so weit weg wie der Mond. Die Onkel hatten, so weit sie Jim auch voraus waren, erst weniger als ein Viertel der Länge bis zum Ende des Feldes gehackt. Jim sah nicht, wie er das Ende seiner Reihe erreichen sollte, ganz zu schweigen davon, wie er die Nachbarreihe hacken sollte. Er hatte eine Reise angetreten, von der er wußte, daß er sie nicht zu Ende bringen konnte. Er spürte, wie sich in seinem Bauch ein Schluchzen ballte.

Daß ihm zum Heulen zumute war, machte Jim wütend. Er fiel über den Boden her, als wollte er Schlangen töten. Er drosch blindwütig auf Winden und Gras und Klee ein, haute in seinem Zorn jedoch abermals einen Maisstengel um. Der Schluchzer, der in seinem Bauch gelauert hatte, entstieg seiner Kehle und hing einen Moment in der Luft, ein kleines unbedeutendes Geräusch, das nur er allein hörte.

Die Onkel und die Feldarbeiter bewegten sich immer noch von ihm fort und hackten im Weitergehen. Jim fürchtete sich vor dem Ärger, den er bekommen würde, wenn Onkel Zeno merkte, daß er einen zweiten Maisstengel umgehauen hatte. Er konnte den Gedanken, daß Onkel Zeno ihm böse wurde, nicht ertragen. Deshalb ließ er sich auf die Knie nieder und grub mit den Händen ein kleines Loch. Er steckte das Ende des Stengels in das Loch und füllte es ringsum mit Erde an. Dann klopfte er die Erde um den Stengel fest, so daß er aufrecht stand.

Jim hob seine Hacke auf und wischte sich die Nase am Unterarm. Den Unterarm wischte er sich am Bein seiner Latzhose ab. Er fühlte sich ruhiger. Er beschloß, bis zum Mittagessen zu hacken. Ihm fiel keine Möglichkeit ein, schon eher nach Hause zu entkommen, aber er wußte, daß Onkel Zeno ihn nicht zwingen würde, nach dem Essen wieder mit aufs Feld zu gehen, wenn er nicht wollte.

Jim warf einen Stein dorthin, wo er zu arbeiten angefangen hatte. Er versuchte häufig mit einem Steinwurf abzuschätzen, wie weit irgend etwas weg war. Er wollte wissen, wieviel er schon gehackt hatte. Leider war der Stein jedoch ein wenig zu flach und zu leicht, und er landete seitlich im Mais. Jim suchte herum, bis er einen besseren Stein fand. Gute Wurfsteine waren in dem schweren Boden an der Flußniederung nicht leicht zu finden. Er warf noch vier oder fünf Steine, bis er sicher war, daß er weiter gehackt hatte, als er einen Stein werfen konnte. Demnach schien er also doch voranzukommen.

Als Jim die Hacke wieder in die Hand nahm, fiel ihm auf, daß sie ungefähr die gleiche Länge hatte wie ein Baseballschläger. Er umfaßte den Stiel direkt über dem Hackblatt und machte ein paar Übungsschläge. Er suchte sich einen geeigneten Schlagstein, warf ihn in die Luft und holte mit dem Stiel nach ihm aus. Erster Verlustpunkt. Das Hackblatt behinderte ihn beim Ausholen. Jim schlug zweimal daneben, ehe er den Stein endlich traf. Er flog zu weit nach rechts. Foul. Jim verschoß noch drei Steine, ehe er einen so traf, daß er zufrieden war und seine Aufmerksamkeit wieder dem Unkraut auf dem Feld zuwandte.

Jim erblickte zu seinen Füßen einen Stein, der aussah wie eine Pfeilspitze. Den grub er mit seiner Hacke aus und stellte fest, daß er an der Unterseite dick und rund war; der Stein hatte nur von oben wie eine Pfeilspitze ausgesehen. Bis jetzt hatte Jim selbst erst eine einzige Pfeilspitze gefunden, aber die Onkel brachten ihm häufig welche mit, die sie gefunden hatten. Onkel Coran war der beste im Pfeilspitzenfinden. Er konnte kaum über ein Feld gehen, ohne über eine zu stolpern. Als Junge hatte Onkel Coran sogar ein Steinmesser gefunden. Er bewahrte es in einer Zigarrenkiste auf dem Kaminsims in seinem Schlafzimmer auf und wollte es Jim nicht schenken. Jim befürchtete, daß die Onkel alle Pfeilspitzen in den Niederungen einsammeln würden, bevor er einen guten Blick dafür entwickelte, sie zu finden, doch Onkel Zeno meinte, es würde immer reichlich Pfeilspitzen zu finden geben. Jedesmal, wenn die Felder gepflügt wurden, kämen neue zum Vorschein.

Jim untersuchte den Stein in seiner Hand sorgfältig. Vielleicht war er eine angefangene Pfeilspitze. Er glaubte es zwar nicht, aber er konnte heute mittag Onkel Coran fragen. Onkel Coran wußte eine Menge darüber, wie die Indianer gelebt hatten. Onkel Coran sagte, die Indianer hätten Feuer gemacht, indem sie zwei Steine aneinandergeschlagen hätten. Jim kratzte ein Häuflein strohtrockenes Gras zusammen und suchte sich einen zweiten Stein, der gut in der Hand lag. Er hielt die Steine unmittelbar über das Gras und schlug sie aneinander, daß die Funken flogen. Die Funken sprangen jedoch nicht auf das Gras über. Es war Jim unbegreiflich, wie die Indianer es geschafft hatten, auf diese Weise Feuer zu machen. Genauso unbegreiflich war es ihm, wie die Indianer Kanus aus Baumrinde bauten oder sich so nahe an Wild anschlichen, daß sie es mit Pfeil und Bogen trafen. Jim wünschte sich oft, ein Indianer zu sein, aber er glaubte, es wäre leichter, ein Cowboy zu sein. Er konnte nicht durch den Wald gehen, ohne ein Geräusch zu machen, und er konnte kein Feuer anzünden, indem er zwei Steine aneinanderschlug. Cowboys durften wenigstens Zündhölzer und Gewehre benutzen, aber dafür mußten sie auf bockenden Stieren reiten. Jim wußte nicht, ob er je genug Mut haben würde, auf einem Stier zu reiten. Ihm kamen Zweifel, ob er je wirklich irgendwas gut können würde. Das Ende des Feldes schien wieder weiter entfernt zu sein als beim letzten Mal, als er nachgesehen hatte.

Jim konnte riechen, wie seine Latzhose von Schweiß getränkt wurde. Er berührte die Baumwolle am Oberschenkel mit der Handfläche. Der Stoff fühlte sich heiß an. Jim kniff die Augen zusammen und blinzelte gen Himmel. Die Sonne war klein und weiß; der Himmel war gänzlich ohne Farbe, und nirgends war eine Wolke oder ein Vogel zu sehen. Jim versuchte sich auszurechnen, wie spät es war, indem er hinsah, wo die Sonne stand. Er versuchte es ohne Erfolg, bis er nichts mehr sehen konnte. Er konnte sich nicht erinnern, schon jemals so geschwitzt zu haben wie jetzt. Im Laster stand ein Eimer mit Wasser, doch Jim wußte, daß man daraus nicht trinken durfte, ehe man mit dem Hacken wieder am Anfang des Feldes angekommen war. Die Onkel hielten nichts davon, einen Schritt zuviel zu machen. Mittlerweile hatten die Onkel und die Feldarbeiter am Ende gewendet und kamen hackend auf Jim zu. Sie waren noch ein gutes Stück entfernt, aber Jim wußte, daß sie ihn sehen würden, wenn er zum Laster ging. Zwei Schweißtropfen rannen unter seinem Hut hervor, und er hielt still, um zu sehen, wohin sie flossen. Der eine Tropfen lief ihm ins Auge und der andere lief ihm über die Backe. Eine Mücke flog ihm in den Mund. Jim spuckte sie aus. Er nahm den Hut ab und wedelte ihn ums Gesicht, aber die Mücken ließen sich nicht verscheuchen.

„Was machst du denn da unten, Doc?“ fragte Onkel Zeno.

Jim zuckte zusammen. Er hatte Onkel Zenos Schatten auf dem Boden, wo er kauerte, nicht gesehen. „Ich seh mir diese Gottesanbeterin an“, sagte Jim.

„Hat sie dich gebissen?“

„Nein."

Jim hatte die Gottesanbeterin von einem Maisstengel geschubst und sie mit seiner Hacke in der Mitte durchgeschnitten. Er stocherte mit dem spitzen Stielende an den beiden Teilen herum.

„Gottesanbeterinnen fressen andere Insekten, Jim", sagte Onkel Zeno. „Wenn du unbedingt was töten willst, töte 'ne Heuschrecke. Heuschrecken fressen Mais."

„Ja, Sir", sagte Jim.

Er deckte die beiden grünen Hälften der Gottesanbeterin mit Erde zu. Er fragte sich, ob die Tatsache, daß er sie getötet hatte, ihm einen weiteren Hieb auf Onkel Zenos Liste eingetragen hatte.

„Nun", sagte Onkel Zeno, „dann laß uns mal gucken, was du geschafft hast." Er ging, den Blick auf den Boden gerichtet, durch Jims Reihe zurück. „Hier hast du viele Winden stehen lassen", sagte er und hackte im Gehen die Erde. „Die übernehmen das ganze Feld, wenn man sie nicht erwischt, bevor sie am Mais hochklettern."

Onkel Zeno erreichte den Maisstengel, den Jim umgehackt und wieder in die Erde gesteckt hatte. Er blieb stehen und betrachtete ihn lange. Dann zog er ihn aus der Erde und drehte sich um und sah Jim an. Onkel Zeno war ein sehr großer Mann. Es war Jim noch nie aufgefallen, wie groß er wirklich war.

„Was ist mit dem hier passiert?" fragte Onkel Zeno.

„Weiß ich nicht", sagte Jim.

„Du weißt es nicht", sagte Onkel Zeno.

„Nein, Sir", sagte Jim.

„Du weißt, daß er nicht wieder anwachsen wird."

Jim nickte.

„Warum hast du ihn dann wieder in die Erde gesteckt?"

„Weiß ich nicht", sagte Jim.

„Du weißt es nicht."

„Nein."

Onkel Zeno hob den Maisstengel empor wie ein Szepter, als würde Jim, wenn er ihn besser sehen konnte, seine Fragen eher beantworten können.

„Jim, das hier war bloß ein Fehler, bis du versucht hast, ihn zu verbergen“, sagte er. „Aber als du versucht hast, ihn zu verbergen, hast du daraus eine Lüge gemacht.“

Jim senkte den Kopf und betrachtete die Taschen an seinem Hosenlatz. Er spürte, wie ihm eine Träne über die Backe laufen wollte. Die wischte er schnell weg und hoffte, daß Onkel Zeno sie nicht gesehen hatte.

Onkel Zeno warf den Maisstengel fort, als wäre er schmutzig, etwas, dessen man sich schämen mußte.

„Belügst du mich oft, Jim?“

„Nein“, sagte Jim.

„Soll ich mir Sorgen machen, ob ich das glauben kann, was du mir erzählst? Bis jetzt hab ich das nie getan; aber soll ich das von jetzt an?“

Jim schüttelte den Kopf. Er war nicht fähig, noch einmal nein zu sagen.

„Was hast du?“ fragte Onkel Zeno.

„Mir ist nicht gut“, sagte Jim.

„Bist du krank?“

Jim zuckte die Achseln.

„Dann geh nach Haus“, sagte Onkel Zeno.

Jim schaute die Reihe entlang zum Fluß hinunter. Plötzlich verspürte er den Willen, sein Werk zu vollenden.

Onkel Zeno deutete in die Richtung, wo der Ort lag. „Geh nur“, sagte er. „Wenn du krank bist, sollst du nicht draußen in der Sonne sein.“

„Ich glaub, bis zum Essen kann ich noch“, sagte Jim.

„Nein, geh lieber jetzt nach Haus und sag deiner Mama, du bist krank.“

Jim stieß ein leises Wimmern aus, das zwischen ihm und Onkel Zeno in der Luft hing wie der Auftakt zu dem Widerspruch, der noch folgen wollte.

„Nu geh schon“, sagte Onkel Zeno.

Am Straßenrand drehte Jim sich um und ließ den Blick noch einmal über das Feld schweifen. Onkel Zeno hackte die Reihe, vor der Jim kapituliert hatte. Die Feldarbeiter waren weit über die

Niederung verteilt. Onkel Al war ein gutes Stück vor allen anderen, wie immer. Er hatte den Fluß schon zum zweiten Mal an diesem Morgen fast erreicht und arbeitete, als wollte er gar nicht wieder aufhören.

Ein unerwartetes Geschenk

Jim ging durch die Felder und Weiden nach Hause. Auf dem Weg über die Heuwiese hielt er sich nicht damit auf, junge Kaninchen aus ihren versteckten Nestern im hohen Gras aufzuschrecken. Als er sich die Schuhe auszog und durch den Flußarm watete, suchte er weder zwischen den Kieseln nach Goldklumpen noch unter den größeren Steinen nach Flußkrebsen oder Wassereidechsen. Sonst setzte sich Jim vor allem gern die kleinen Eidechsen in die hohle Hand und sah sich an, wie ihre winzigen Herzen unter der bleichen, dünnen Haut an ihrer Unterseite schlugen. An den Flußkrebsen mochte er die bösen, zuschnappenden Scheren. Doch heute durchquerte er den Fluß nur, um an die andere Seite zu gelangen, wo die Stadt war, zog die Schuhe wieder an und setzte seinen Weg fort. Als er an der kleinen Waldlichtung mit dem verlassenen Pächterhaus vorbeikam, in dem seine Mutter mit seinem Vater gewohnt hatte, warf er weder Steine auf das Blechdach noch schlich er auf die knarrende Veranda, um durch die schmutzigen Fenster zu spähen.

Im Ort angekommen machte Jim einen weiten Bogen um die Häuser der Onkel. Wenn er zu früh zu Hause erschiene, würde Mama sich Sorgen machen. Er würde sich hinlegen müssen, und sie würde ihm die Hand auf die Stirn legen, um festzustellen, ob er Fieber hatte. Manchmal zwang sie ihn, eine Jacke anzuziehen, wenn es draußen warm war. Sie hatte ihn nicht mit ins Maisfeld lassen wollen und erst nachgegeben, als die Onkel versprochen hatten, ihn jede Minute im Auge zu behalten. Oft mußten die Onkel Jim vor ihrer zärtlichen Bewachung retten.

Zu Jims Erleichterung war Aliceville in der langen Stunde vor Mittag fast völlig menschenleer. Die Hunde, die sonst vielleicht gebellt oder mit dem Schwanz gewedelt hätten, wenn Jim vorüberging, schliefen in den runden Löchern, die sie sich in die kühle Erde unter ihren Veranden gegraben hatten. Die Männer und Jungen, die zu einer anderen Tageszeit vielleicht auf der Straße gewesen wären, waren bei der Arbeit. Die Frauen kochten das Mittagessen, das für die Männer bereitstehen würde, wenn sie von den Feldern kämen. Das Städtchen lag still in der Sonne, als wäre es mit dem Netz aus den kreuz und quer laufenden Stromleitungen zwischen den Häusern an den Boden gefesselt.

Der einzige Mensch weit und breit war Pete Hunt, der Bahnhofsvorsteher. Pete war ein kleiner Mann mit einem großen Schnurrbart. Er saß unter dem Bahnhofsvordach und las eine Illustrierte. Er hatte nicht viel für Kinder übrig. Wenn ein Kind in der Güterabfertigung zum Fenster hereinschaute, während Pete telegraphierte, zog Pete das Rollo herunter. Manchmal ließ er Jim in den Kohlehaufen nach Versteinerungen suchen, aber manchmal kam er aus dem Bahnhof und jagte ihn davon. Jim wußte bei Pete nie, woran er war. Er merkte nicht, daß Pete ihn nur von dem Kohlehaufen wegjagte, wenn er mit einem anderen Jungen zusammen war. Pete sah Jim über das Heft hinweg an.

„Hey", sagte Jim.

Pete nickte kurz, ohne etwas zu sagen. Er hob die Illustrierte so weit, daß sie seine Augen verdeckte. Als Jim ein Baby war, hatte Pete in den Häusern der Onkel die elektrischen Leitungen verlegt. Mama hatte ihm erzählt, daß Pete während des Monats, den er für die Arbeit gebraucht hatte, quasi bei ihnen gewohnt und trotzdem kaum ein Wort gesprochen hatte.

Jim ging langsam weiter die Bahnhofsstraße hinunter und näherte sich dem Laden, obwohl er auch nicht besonders darauf erpicht war, Onkel Coran zu begegnen. Er hatte keine Lust, eine Erklärung abzugeben. Er sah starr zu Boden, hatte aber auch keine Lust, irgendwelche Spuren im Staub zu verfolgen. Jim hatte heute überhaupt keine Ideen, was er machen wollte, was er vielleicht spielen oder wo er gern sein wollte. Er war voller Selbstmitleid, weil sein Geburtstag so enttäuschend verlief. Er schoß einen Stein davon, ohne hinzusehen, wie weit er rollte.

Als Jim vor dem Hotel ankam, rief Whitey Whiteside aus einem offenen Fenster im ersten Stock seinen Namen. Das Hotel war ein schmaler Backsteinbau, in dem Eisenbahnpersonal und Handelsvertreter abstiegen, wenn sie auf einen bestimmten Zug warten mußten. Whitey Whiteside arbeitete als Handlungsreisender für Governor Feeds. Er nahm die Bestellungen für die Säcke mit Futtermitteln und Saatgut auf, die Jims Onkel im Laden verkaufte. Eigentlich hieß er Ralph, aber er meinte, es sei schwerer, einen Vertreter zu vergessen, der Whitey hieß, als einen, der Ralph hieß. Jim mochte Whitey, weil er immer Zuckerstangen in der Tasche hatte und Jim immer ein Stück davon schenkte. Die Onkel meinten, Whitey Whiteside sei ein ehrlicher Mann; sie kauften ihre Futtermittel und ihr Saatgut nur bei ihm.

„Hey!" brüllte Whitey Whiteside aus dem Fenster. „Hey, Jim Glass!"

Jim blickte zum Hotelfenster auf. Er verzog das Gesicht zu einem Grinsen, doch dann fiel ihm wieder ein, wie unglücklich er war.

„Hey", antwortete Jim. „Hey, Whitey Whiteside."

„Wo willst du denn hin?" fragte Whitey.

„Nirgends", sagte Jim.

„Dann warte doch einen Augenblick", sagte Whitey. „Ich komm mit nach nirgends."

Jim wartete, und Whitey Whiteside trampelte die Hoteltreppe herunter und kam zu ihm auf die Straße. Er war lang und dünn wie die Onkel. Seine braunen Haare waren bereits grau meliert, was er angeblich gut fand, obwohl er noch jung war. An einen jungen Mann mit grauen Haaren, der außerdem den Namen Whitey trug, würden sich die Leute noch besser erinnern.

„Was ist mit dir passiert?" fragte Whitey. „Dein Gesicht ist ganz dreckig."

„Ich hab mit den Onkeln das Maisfeld gehackt", sagte Jim.

„Das ist gut, Jim", sagte Whitey. „Harte Arbeit ist gut für einen Mann. Durch harte Arbeit kriegt man Haare auf der Brust." Er sah sich Jim genauer an. „Aber weißt du", sagte er, „du solltest dir ein Schweißtuch in die Tasche stecken und dir damit das Gesicht abwischen, statt mit der Hand. Dann hast du, falls du auf dem Nachhauseweg ein hübsches Mädchen triffst, nicht überall Dreck im Gesicht."

Jim zuckte die Achseln. Er mochte Whitey Whiteside, aber er wußte nicht immer, was er zu ihm sagen sollte. Whitey Whiteside redete mit Jim wie mit einem Erwachsenen. Er hatte Jim sogar gebeten, ihn Whitey zu nennen statt Mr. Whiteside.

„Na ja", sagte Whitey, „ist wahrscheinlich auch egal."

Jim zuckte abermals die Achseln und sah sich seine Hände an. Dann wischte er sie an den Hosenbeinen ab und steckte sie in die Tasche.

Whitey Whiteside trug stets einen Anzug und ein gestärktes weißes Hemd. Er trug große Hüte mit steifen Krempen, im Winter aus Filz und im Sommer aus strahlend weißem Stroh. Jim glaubte, daß Whitey Whiteside ein reicher Mann sein mußte.

„Ich meine", sagte Whitey, „wahrscheinlich ist es einem hübschen Mädchen wichtiger, ob ein Mann eine gute Arbeit hat und fleißig ist und sich um Haus und Garten kümmert, als ob er ein bißchen Dreck im Gesicht hat oder nicht. Meinst du nicht auch?"

„Ich weiß nicht", sagte Jim.

Jim und Whitey standen eine ganze Weile zusammen auf der Straße, ohne etwas zu sagen.

„Die Onkel haben mich heute ein bißchen eher gehen lassen", sagte Jim. „Es war sowieso gleich Mittag."

„Aha", sagte Whitey.

Jim musterte einen seiner Fußabdrücke im Staub. Er konnte die Abdrücke der Nägel am Rand seiner Sohle erkennen. Ein paar von den Nägeln spürte Jim im Schuh. Solange er nicht an sie dachte, störten sie ihn nicht. Er wackelte mit den Zehen.

Whitey holte seine Uhr aus der Tasche und sah das Ziffernblatt an, als wäre es ihm ganz neu.

„Mal sehen", sagte er. „Ich hab noch ein bißchen Zeit, bis mein Zug kommt. Laß uns doch mal auf den Hügel gehen und die neue Schule ansehen."

Whitey besuchte seine Kunden überall in North Carolina mit der Eisenbahn. Er war sogar schon mit dem Carolina Moon gefahren, dem neuesten, schnellsten Personenzug der Great Southern Railway. Der Moon hielt nicht in Aliceville.

„Okay", sagte Jim. „Gucken können wir ja mal."

Die neue Schule war das größte Gebäude in Aliceville. Sie hatte zwei Stockwerke und war aus rotem Backstein. Das einzige andere Backsteingebäude im Ort war das Hotel, aber es war schmal und schmutzig und machte einen traurigen Eindruck. Die neue Schule stand oben auf dem Hügel wie eine Festung. Man konnte sie von jedem Punkt in Aliceville sehen. Sie war schon so lange im Bau, wie Jim denken konnte. Im Herbst sollte sie eröffnet werden. Jim und Whitey gingen auf der unbefestigten Straße zur Schule hinauf.

„Ein dolles Gebäude ist das, was Jim?" sagte Whitey.

Jim gab keine Antwort. Ihm behagte die Vorstellung, auf die neue Schule zu gehen, nicht recht. Seine alte Schule, die er seit der ersten Klasse besuchte, hatte nur zwei Klassenzimmer. Jim kannte alle Kinder dort, auch die älteren. Aber wenn die neue Schule aufmachte, sollten alle Landschulen in der Umgebung von Aliceville geschlossen werden, und sämtliche Kinder, die dort zur Schule gingen, würden in die Schule nach Aliceville kommen. Sie würden mit Schulbussen in die Stadt befördert werden. Sogar die Hinterwäldler vom Lynn's Mountain würden in die neue Schule kommen. Jim kannte Hinterwäldlerkinder mit ihren Vätern aus Onkel Corans Laden. Sie glotzten Jim an, als ob sie ihn von vornherein haßten; sie waren ihm ebenfalls unsympathisch. Auf dem Lynn's Mountain wohnte Jims Großvater. Jim hatte ihn noch nie gesehen und glaubte nicht, daß er ihn je sehen würde. Mama erlaubte es nicht. Jim hatte ein bißchen Angst davor, mit Kindern zur Schule zu gehen, die vielleicht seinen Großvater kannten, aber das hatte er niemandem verraten.

Jim blieb auf dem Schulhof stehen, aber Whitey Whiteside marschierte die Treppe hinauf und zog an der breiten Eingangstür. Sie war abgeschlossen.

„Verflixt", sagte Whitey. „Ich hatte gehofft, wir könnten rein."

Whitey ging die Treppe hinunter und trat an das nächstliegende Fenster. Er war gerade lang genug, um hineinzusehen. Er schob den Hut in den Nacken, legte die Hände ans Gesicht und spähte durch die Scheibe.

„Das muß das Zimmer des Rektors sein", sagte er. „Du wirst dich vorsehen müssen, daß du es nicht von innen zu sehen bekommst, Jim. Willst du mal gucken, wie es aussieht?"

Jim schüttelte den Kopf. Er wollte das Rektorenzimmer nicht sehen. In seiner alten Schule gab es keinen Rektor, bloß zwei Lehrerinnen, und die waren beide nett.

Whitey ging weiter seitlich am Gebäude entlang und blieb erneut vor einem Fenster stehen.

„Das hier wird ein Klassenzimmer, denk ich", sagte er. Er spähte hinein und stieß einen Pfiff aus. „Mann, das ist nun wirklich doll, Jim", sagte er. „Komm und sieh dir das an."

Jim schüttelte abermals den Kopf.

„Nu komm schon", sagte Whitey. „Ins Fenster gucken ist nicht verboten."

Er verschränkte die Hände und hielt sie Jim als Stufe hin. Jim stellte einen Fuß darauf, und Whitey hievte ihn hoch. Jim preßte das Gesicht an die Scheibe. Das Glas war warm von der Sonne. Er hatte den Bau der Schule beobachtet, aber er hatte noch nie einen Blick ins Innere geworfen. Das erste, was ihm auffiel, war, daß das Zimmer keine ordentliche Decke hatte. Die Balken, auf denen der zweite Stock ruhte, waren offen zu sehen.

„Was ist das da oben an der Decke?" fragte Whitey.

„Da ist keine Decke", sagte Jim.

„Du weißt, was ich meine", sagte Whitey.

„Eine elektrische Lampe", sagte Jim.

„Genau", sagte Whitey.

Die Onkel behaupteten, zur Eröffnung der neuen Schule würde Aliceville Strom kriegen, aber Jim hatte seine Zweifel. Schon vor Jahren hatte man die Leitungen im Ort verlegt, aber sie waren bis heute nicht mit dem Elektrizitätswerk in New Carpenter verbunden. Jim wollte in eine Schule mit elektrischem Licht gehen, aber er wollte sich keine unnötigen Hoffnungen machen.

„Und guck mal, wie groß die Tafel ist", sagte Whitey. „Da ist jede Menge Platz für Rechenaufgaben. Da braucht man nicht mal bei binomischen Formeln Angst haben, daß einem der Platz ausgeht."

Abgesehen von der Lampe und der Tafel war das Klassenzimmer leer. Es gab noch keine Tische und keine Bilder an den Wänden. Jim stieß sich vom Fenster ab, und Whitey ließ ihn wieder auf die Erde hinunter.

„Verflixt, Jim", sagte Whitey, „bald bist du so gescheit, daß du es gar nicht aushalten kannst."

„Die Onkels wollen mir Geometrie beibringen", sagte Jim. „Die sind gut in Geometrie."

„Deine Onkels sind gescheite Männer", sagte Whitey ernst. „Tu, was sie sagen, dann wird was aus dir. Da kannst du Gift drauf nehmen."

Jim und Whitey kehrten der Schule den Rücken und gingen wieder zurück in den Ort. Von hier oben auf dem Hügel konnten sie fast ganz Aliceville sehen. Unter dem Bahnhofsvordach stand Pete Hunt auf, streckte sich und blickte nach rechts und links die Straße entlang. Onkel Coran kam aus dem Entkörnungsschuppen und ging hinüber in den Laden. Bald würde er den Laden zuschließen und sich zum Mittagessen in Onkel Zenos Haus begeben. Dort rauchte der Küchenschornstein. Onkel Al und Onkel Zeno würden vom Feld kommen und Onkel Coran und seiner Mutter vom Vormittag erzählen. Jim fühlte etwas Kaltes durch seinen Bauch wabern wie ein Nebel. Nur seine Mutter würde ihm glauben, daß ihm auf dem Feld nicht gut gewesen war. Die Onkel würden nicht viel dazu sagen, weil sie sich seiner schämten. Die hohen Häuser in der Bahnhofsstraße waren das letzte, wohin Jim seine Füße lenken wollte.

Plötzlich gab Whitey Jim einen Klaps auf den Arm.

„Hey", sagte er. „Ich hab gehört, heute soll jemand Geburtstag haben. Hast du was davon gehört?"

„Ich weiß nicht", sagte Jim. „Was hast du denn gehört?"

„Ich hab gehört, daß ein ganz bestimmter Junge heute zehn Jahre alt geworden sein soll."

„Das muß wohl ich sein", sagte Jim, als gestände er ein Verbrechen.

„Was, du?"

„Jo."

„Nein, so was. Zehn Jahre alt. Hast du schon was geschenkt gekriegt?"

„Nö."

„Willst du damit sagen, daß deine Mama und deine Onkels nichts für dich zum Geburtstag haben?"

Diese Möglichkeit war Jim noch gar nicht in den Sinn gekommen. Wenn die Onkel irgendwas für ihn besorgt hatten, dann würden sie es ihm jetzt vielleicht gar nicht mehr schenken. Und wenn seine Mutter ein Geschenk für ihn hatte, warum hatte sie es ihm dann nicht beim Frühstück überreicht?

„Scheint so", sagte Jim. Der Nebel in seinem Bauch kroch die Wirbelsäule hinauf zum Genick.

„Das ist ja furchtbar", sagte Whitey. „Da hat man Geburtstag, wird zehn Jahre alt, was schon einiges ist, und kriegt nicht ein einziges Geschenk. Findest du nicht, daß es mit das Furchtbarste ist, was du je gehört hast?"

Jim nickte. Er wollte vor Whitey nicht weinen, befürchtete aber, daß es vielleicht nicht zu vermeiden war.

„Na", sagte Whitey, „da werden wir was unternehmen müssen. Moment mal eben."

Er blieb mitten auf der Straße stehen. Er langte in seine Hosentasche und holte einen halben Priem Kautabak hervor.

„Kaust du?"

„Nö."

„Hmm", machte Whitey. Er griff in eine seiner Jackentaschen und holte einen kleinen Block heraus. „Kannst du einen Quittungsblock gebrauchen?"

Jim schüttelte den Kopf.

„Dachte ich mir", sagte Whitey.

Er griff in die andere Jackentasche und wühlte darin herum. Als er die Hand herauszog, hatte er darin einen nagelneuen Baseball. „Wie wär's hiermit?" fragte er. „Kannst du einen Baseball gebrauchen?"

Jim riß den Mund auf. „Der ist für mich?"

„Wenn du ihn gebrauchen kannst", sagte Whitey.

„Ich kann ihn gebrauchen!" sagte Jim. „Ich kann ihn gebrauchen! Ich kann ihn gebrauchen!"

„Gut", sagte Whitey. „Ich hab's satt, ihn mit mir rumzuschleppen. Hat mir die Tasche ausgebeult. Ich hab ihn meiner Oma zu Weihnachten gekauft, aber sie hatte keinen Schläger."

Er gab Jim den Baseball.

„Danke, Whitey!" sagte Jim.

Er betrachtete den Baseball in seiner Hand, als wäre er aus Gold. Sein Baseball zu Hause war so schwer wie eine Kanonenkugel. Er hatte ihn aus Versehen bei Regen draußen liegenlassen und mochte nicht um einen neuen betteln. Aber dieser Baseball war funkelnagelneu. Er leuchtete heller als Whiteys Hut. Er hatte das Gefühl, er würde eine Meile weit fliegen, wenn er ihn warf.

Er warf den Baseball in die Luft. Whitey streckte den Arm aus und fing ihn, bevor er herunterkam. „Kannst du ihn auch wirklich gebrauchen?"

„WHITEY!" schrie Jim.

„Ist gut", sagte Whitey. „Ich wollte nur ganz sicher sein." Er gab Jim den Baseball wieder, und sie gingen einträchtig weiter bergab.

Taufe

Als die Onkel mittags nach Hause kamen, sagte Jim nichts von dem Baseball, den Whitey Whiteside ihm geschenkt hatte, weil ihm mittlerweile der Gedanke gekommen war, daß er ihn nicht hätte annehmen dürfen. Die Onkel und Jims Mutter aßen, ohne viel zu reden, bis das Essen fast vorbei war. Keiner sagte zu Jim etwas über das, was morgens auf dem Feld gewesen war. Jim beschloß, den Baseball in der Scheune zu verstecken, bis Whitey Whiteside wieder in die Stadt kam. Und ihn ihm dann zurückzugeben.

„War 'n ganz guter Morgen, oder, Allie?" sagte Onkel Zeno.

„Wir ham gut was geschafft, denk ich", sagte Onkel Al.

Onkel Zeno ließ ein Stück Butter auf dem Apfelauflauf zergehen, den Jims Mutter zum Nachtisch gemacht hatte. Es war Jim schon aufgefallen, daß sie keinen Kuchen gebacken hatte.

„Du hast da draußen tüchtig mehr geschafft als wir andern", sagte Onkel Zeno.

„Ich bin nicht schnell", sagte Onkel Al. „Ihr seid bloß alle langsam."

„Es hat mal 'ne Zeit gegeben, da hab ich gedacht, du würdest keinen guten Farmer abgeben."

Onkel Al wandte Onkel Zeno den Kopf zu und sah ihn entgeistert an. Er war eitel, was seine Bewirtschaftung der Höfe betraf. Onkel Coran behauptete, daß Onkel Al eine halbe Meile laufen würde, um einen Zaunpfosten von einer Ackerwinde zu befreien.

„Und wann soll das gewesen sein?" fragte Onkel Al.

„Damals als du und Coran die Küken getauft habt."

„Verflixt, Zee", sagte Onkel Al. „Da waren wir ganze vier Jahre alt. Wirst du das denn nie vergessen?"

„Nie", sagte Onkel Zeno. „Ich hab dafür Prügel gekriegt. Und ihr wart schon fünf. Es war der Sommer, in dem ich getauft wurde, und da war ich zwölf. Durch meine Taufe seid ihr überhaupt auf die Idee gekommen."

„Trotzdem waren wir noch klein", sagte Onkel Al. „Wir wußten es nicht besser."

„Es war Allies Idee, Jim", sagte Onkel Coran. „Er war der Pastor. Ich war bloß der Diakon. Ich hab ihm nur die Küken angereicht. Er war derjenige, der sie in die Regentonne getaucht hat."

„Kleine Dussel wart ihr, sonst nichts", sagte Onkel Zeno. „Cissy war da noch gar nicht geboren, sonst wäre sie mit dabei gewesen und hätte beim Gottesdienst geholfen. Unartig wie sie war, ist sie euch beiden immer hinterhergedackelt und hat allen Unfug mitgemacht."

„Sie waren meine großen Brüder", sagte Jims Mutter. „Mir ist nie der Gedanke gekommen, daß sie was Verbotenes tun könnten."

Onkel Zeno schnaubte. „Du armer, ahnungsloser Engel, du", sagte er. „Also, Jim, wir hatten jedenfalls eine kleine Kampfhenne, und die hatte eine große Kükenschar. Es müssen wohl zwölf gewesen sein."

„Dreizehn", sagte Onkel Al.

„Dreizehn", sagte Onkel Zeno. „Und Al hier, Al und Coran, die hatten zugeguckt, wie ich unten am Fluß getauft wurde, und das hatte sie schwer beeindruckt. Wir waren in dem Sommer zu sieben oder acht, die getauft wurden, und Coran und Al haben am Ufer gestanden und sich alles genau angesehen und angehört, und da hat sich in ihren kleinen Köpfen eine Idee festgesetzt.

Eines Sonntagnachmittags, nicht lange nachdem ich getauft wurde, waren Corrie und Allie nirgends zu finden, und Mama schickte mich los, ich sollt' sie suchen. Na, und als ich sie gefunden hab, da waren sie im Scheunenhof und tauften Küken.

Sie hatten die Küken in einem Pfirsichkorb, und Coran griff immer in den Korb, fing eins ein und reichte es an Al weiter. Und Al tauchte es dann tüchtig in die Regentonne. Dann reichte er Coran das Küken wieder, und Coran angelte sich aus dem Korb ein trockenes."

„Wir dachten, wir müßten sie retten", sagte Onkel Coran. „Wir wollten, daß sie in den Himmel kommen."

„In den Himmel sind sie auch gekommen", sagte Onkel Zeno. „Als ich euch endlich entdeckt hatte, hattet ihr alle bis auf eins ertränkt. Ich versuchte, ihnen in den Schnabel zu pusten, um sie zu retten, aber Al hatte sie zu lange unter Wasser gehalten, und sie waren ertrunken.

Na, mittlerweile hattet ihr beide spitzgekriegt, daß ihr was Schlimmes gemacht hattet, und ihr habt angefangen zu weinen. Ihr habt geweint und gebettelt, daß ich euch nicht verpetzen sollte, weil ihr wußtet, wenn Mama rausfindet, daß ihr ihre Küken umgebracht habt, dann bricht sie sich einen Stock und versohlt euch den Hintern.

Und ich, ich wollte nicht, daß ihr Prügel kriegt, deshalb hab ich die toten Küken hinter den Räucherschuppen gebracht und hab ein Loch gegraben und sie eingebuddelt. Und euch hab ich das Versprechen abgenommen, daß ihr mich nicht verpetzt.

Aber wir haben dann doch Ärger bekommen, weil Daddy mich gesehen hat, wie ich mit der Hacke hinter den Räucherschuppen gegangen bin. Es hat nicht lange gedauert, da ist er mit den Küken ins Haus gekommen. Er kam direkt zu mir, obwohl ich doch eigentlich gar nichts mit der Sache zu tun gehabt hatte, bis es zu spät war, und er sagte: ‚Zeno, was weißt du über diese toten Küken?'

Und ich hab ihm gesagt, ich hätte sie in der Regentonne gefunden, was ja nicht weit von der Wahrheit entfernt war. Da hat er mich gefragt: ‚Zeno, wie sind diese Küken in die Regentonne gekommen?' Und ich hab ihm gesagt, ich wüßte es nicht.

Er sagte: ‚Du weißt es nicht.'

Und ich hab noch mal gesagt: ‚Nein, ich weiß es nicht.'

Da hielten es Allie und Corrie, die süßen Kleinen, nicht mehr aus und heulten los und beichteten Daddy, daß sie die Küken in der Regentonne getauft hatten und daß die Küken ertrunken waren.

Daddy war eine Weile still und dachte nach und sagte dann zu Coran und Al: ‚Euch beide werde ich nicht den Hintern versohlen, weil ihr klein seid und es nicht besser wußtet, aber ich warne euch: ‚Taucht nie wieder ein Küken in die Regentonne.'

Aber zu mir sagte er: ‚Zeno, dich werde ich nicht dafür versohlen, daß du die Küken hinter dem Räucherschuppen vergraben hast, weil du deine Brüder schützen wolltest, und das ist prima. Aber dafür, daß du mich belogen hast, dafür werde ich dich versohlen.'"

„Und dann?" fragte Jim.

„Dann nahm er mich mit nach draußen und gab mir die schlimmste Tracht Prügel, die ich in meinem ganzen Leben bekommen habe", sagte Onkel Zeno. „Und ich hab ihn nie wieder belogen."

„Und wir haben nie wieder Küken getauft", sagte Onkel Coran.

„Ehrlich", sagte Onkel Al.

„Alles in allem, Jim", sagte Onkel Zeno, „ist aus Allie also ein ziemlich guter Farmer geworden, wenn man bedenkt, wie er angefangen hat."

„Jedenfalls können wir froh sein, daß er nicht versucht hat, Pastor zu werden", sagte Onkel Coran.

„Das kannst du laut sagen", sagte Onkel Al. „Ich hätte Methodist werden müssen, um ja niemand zu ertränken."

Mama stand auf und begann den Tisch abzuräumen.

„Wo war die Glucke, während das alles vor sich ging?" fragte sie.

„Wir haben sie in den Hühnerstall gesperrt", sagte Onkel Coran. „Sie hat gebissen und gekratzt. Wir mußten sie mit Stöcken jagen, um sie in den Stall zu kriegen."

„Sie hat noch den ganzen Nachmittag nach ihren Küken gesucht", sagte Onkel Al. „Sie hat sie überall auf dem Hof gesucht."

„Das ist traurig", sagte Mama.

„Was ist aus ihr geworden?" fragte Jim.

„Das weiß ich nicht mehr", sagte Onkel Zeno. „Wir werden sie wohl gegessen haben."

Nach dem Abendessen

Die Onkel schaukelten in ihren Stühlen mit den hohen Rückenlehnen auf Onkel Zenos Veranda, während Mama sich in der Schaukel wiegte. Jim saß mit aufgestütztem Kinn auf der obersten Stufe und sann über das Ende des Tages nach. Die Sonne stand tief am Himmel, aber noch brannte ihr Widerschein in den Fenstern der neuen Schule. Bald würden lange blaue Schatten aus den Flußniederungen aufsteigen. In den Wipfeln der Bäume würden Glühwürmchen ihr Licht entzünden, Zikaden würden singen und Baumfrösche plärren. Entlang der Weidenzäune würden Ziegenmelker rufen und lauschen und wieder rufen, und aus dem tiefen Gras würden Grillen mit leisen, traurigen Liedern antworten. Fledermäuse würden über den von blau nach violett gefärbten Himmel flitzen und kreisen und flügelwispernd ihre Flugbahnen markieren. Die Abenddämmerung war die schönste Tageszeit in Aliceville, aber Jim wollte nicht, daß die Sonne versank. Er wollte nicht, daß sein Geburtstag zu Ende ging. Er war von vorne bis hinten mißglückt. Jim hatte die Onkel enttäuscht und wollte nicht ein ganzes Jahr bis zu seinem nächsten Geburtstag warten, um es wiedergutzumachen.

„Mir wird ein bißchen kühl", sagte Mama. „Ich geh rein und hol mir eine Jacke."

Sie stand auf und verschwand ins Haus. Jim war so in Gedanken verloren, daß er es nicht mitbekam, als sie wieder neben ihm auftauchte.

„Jim", sagte sie. „Hey, Jim."

Jim drehte sich um und blickte auf. Vor ihm stand Mama mit einer Schokoladentorte. Oben auf der Torte leuchteten brennende Kerzen. Sie beugte sich zu ihm herunter, damit er sie sehen konnte. Der Widerschein der kleinen Flammen tanzte in ihren Augen.

„Herzlichen Glückwunsch zum Geburtstag, Jim", sagte sie.

Mit einemmal hatten sich auch die Onkel um ihn aufgebaut. „Guck ihn dir an", sagte Onkel Al. „Ich glaub, er weiß nicht, was das ist."

„Was ist es denn?" fragte Onkel Coran.

„Das ist Jims Geburtstagstorte", sagte Onkel Zeno.

„Ach so", sagte Onkel Coran. „Ich hab gedacht, Cissy brennt."

Jim zählte die Kerzen auf der Torte. Es waren zehn.

„Jim", sagte Onkel Zeno, „dachtest du, wir hätten dich vergessen?"

„Ich dachte, ihr seid böse auf mich."

„Ach, Schatz", sagte Mama, „nicht weinen. Keiner ist böse auf dich."

„Ich bin nicht böse auf dich, Doc", sagte Onkel Zeno. „Ehrlich."

„Zeno, ich hab dir gleich gesagt, du sollst ihn nicht mit aufs Feld nehmen", sagte Mama.

„Sei still, Cissy", sagte Onkel Zeno leise.

Onkel Coran packte Jim bei seinen Latzhosenträgern und tat so, als wollte er ihn über das Geländer in den Garten werfen.

„Du Dummrian", sagte er. „Wenn wir böse auf dich wären, dann würdest du das merken. Stimmt doch, oder, Al?"

„Wenn wir böse wären, kämen wir mit dem Stock."

Jim wußte nicht, warum er weinte, nur daß er nicht wieder aufhören konnte.

„Whitey hat mir einen Baseball geschenkt", sagte er.

„Na sowas", sagte Onkel Zeno, „das ist aber nett von ihm. Hast du dich bei ihm bedankt?"

Jim nickte.

„Gut. Bist eben gut erzogen. Und jetzt puste mal lieber bald die Kerzen aus."

Jim blies alle Kerzen mit einem einzigen Atemzug aus.

„Was meint ihr, schenkt Mr. Ralph Whiteside allen kleinen Jungen in seinem Bezirk einen Baseball?" fragte Mama.

Onkel Zeno schüttelte rasch und fast unmerklich den Kopf.

„Jim?" fragte Onkel Al. „Kriegen wir ein Stück von deiner Torte?"

„Ich denke schon", sagte Jim.

„Zu unserem Geburtstag haben wir keine Schokoladentorte bekommen, stimmt's, Allie?" sagte Onkel Coran.

„Nee, wir nicht."

„Kommt, gehen wir ins Eßzimmer", sagte Mama.

Mitten auf dem Eßzimmertisch erblickte Jim einen Baseballhandschuh und einen Baseballschläger. Er blieb staunend in der Tür stehen.

„Sind die für *mich*?" fragte er.

„Was soll für dich sein?" sagte Onkel Zeno.

Jim zeigte auf den Tisch. Onkel Zeno beugte sich über ihn ins Eßzimmer hinein und zuckte die Achseln.

„Die Sachen hab ich noch nie gesehen", sagte Onkel Coran. „Wem gehören die denn?"

„Ach, hört jetzt auf", sagte Mama. „Manchmal könnte ich euch erwürgen."

Onkel Zeno legte Jim eine Hand in den Rücken und schob ihn sachte ins Eßzimmer. Jim näherte sich vorsichtig dem Tisch, als könnte er, wenn er sich zu schnell bewegte, den Handschuh und den Schläger verscheuchen.

„Der Schläger ist ein echter Louisville Slugger", sagte Onkel Zeno. „Wahrscheinlich ist er noch ein bißchen zu groß für dich, du wirst ihn kürzer fassen müssen, bis du gewachsen bist."

Der Schläger war in der Tat zu schwer für Jim, und ein gutes Stück zu lang. Jim rutschte mit den Händen höher, bis der Schläger leicht und kurz genug im Arm lag, daß er ihn schwingen konnte; das Holz war glatt und kühl und so glänzend poliert, daß Jim auf der Maserung sein Spiegelbild zu finden versuchte.

„Der ist perfekt", verkündete er. „Einfach perfekt."

„Und der Handschuh", sagte Onkel Zeno, „ist ein Rawlings. Ich hab den Mann im Laden in New Carpenter gefragt, mit welchen Handschuhen die Profis in der Major League spielen, und er hat gemeint, Rawlings. Mit so einem Handschuh müßtest du ziemlich gut fangen können."

Der Handschuh war wie der Schläger zu groß, doch das bemerkte Jim weder jetzt noch später jemals. Die dicken Finger des

Handschuhs waren durch ein ausgeklügeltes Netz von Lederschnüren miteinander verbunden; der Riemen am Handgelenk wurde mit einem glänzenden Messingknopf befestigt. Jim legte sich den Handschuh aufs Gesicht und atmete tief ein. Er hatte den gleichen satten, fast verbotenen Geruch wie der Raum, in dem die Onkel das Pferdegeschirr aufbewahrten. Jim konnte stundenlang in der Scheune sitzen, wenn die Onkel die Geschirre flickten oder ölten; er durfte nicht allein im Geschirraum spielen.

Jim sah zu seiner Mutter und seinen Onkeln auf, als hätte er ihnen eine wunderschöne Geschichte zu erzählen, jedoch leider ihre Sprache vergessen. Alle schienen so glücklich, als hätten sie selbst einen Baseballschläger und einen Handschuh geschenkt bekommen, nur Mamas Augen wirkten ein bißchen feucht.

„Sie sind von uns allen zusammen, Jim", sagte sie. „Wir haben dich sehr lieb."

„Du kannst nur für dich sprechen, Cissy", sagte Onkel Coran. „Mir liegt eigentlich nichts an ihm."

„Er ist schon in Ordnung, für einen Dummrian", sagte Onkel Al.

„Er ist nicht größer als ein Furz", sagte Onkel Zeno, „aber ich finde, wir können ihn behalten."

Jim probiert seinen Schläger aus

Eine Sommerwiese in der Abenddämmerung:

Der Junge kann den Baseball nicht so schlagen, daß er zufrieden ist. Zwar trifft er ihn fast jedesmal, wenn er nach ihm schlägt, aber er versetzt ihm nicht den mächtigen Schlag, den er vor seinem geistigen Auge sieht. Der Ball saust nicht wie eine Rakete in den Himmel, sondern purzelt ins hohe Gras, als hätte ihn ein Geräusch erschreckt; er raschelt leise, ein sterbender Käfer an einem Bindfaden, und kullert enttäuschend schnell aus.

Onkel Zeno macht den Werfer. Er achtet jedesmal genau darauf, wo der Ball im Gras landet, wenn der Junge ihn schlägt, und holt ihn klaglos aus jedem neuen Versteck. Der Schläger ist einfach zu schwer. Er hatte es gleich gewußt, als er ihn kaufte; er hatte nur nicht jedes Mal, wenn der Junge ein paar Zentimeter wuchs, einen neuen Schläger kaufen wollen. Er schilt sich stumm für seinen Geiz.

Onkel Coran und Onkel Al haben sich an übertrieben optimistischen Positionen hinter ihrem Bruder aufgestellt. Ihre Gesichter sind in der tiefer werdenden Dunkelheit nicht zu erkennen, ihre Gestalten gleichen sich wie ein Ei dem anderen, abgesehen davon, daß Onkel Coran einen Baseballhandschuh an der linken Hand trägt, während Onkel Al, der Linkshänder ist, seinen an der rechten trägt. Sie rufen dem Jungen, jedesmal wenn er mit dem Schläger ausholt, aufmunternde Sprüche zu. Sie schlagen mit der Faust in ihren Handschuh, allerdings nur ihrem Neffen zuliebe; ihre Körper glauben nicht mehr daran, daß der Ball bis zu ihnen auf das Feld hinausfliegen wird. Sie schleichen nicht heimlich näher, um den Jungen nicht traurig zu machen.

Alle drei Onkel tragen die kleinen, ungepolsterten, altmodischen Baseballhandschuhe, die sie schon als Kinder hatten. Onkel Als Handschuh war für einen rechtshändigen Feldspieler gemacht, aber er trägt ihn schon so lange an der falschen Hand, daß er die falsche Form nicht mehr spürt. Alle Onkel würden noch mit Vergnügen bei einem Baseballmatch mitspielen, wenn sie dazu eingeladen würden, obwohl das seit Jahren nicht mehr vorgekommen ist. Trotzdem fetten sie ihre viel zu kleinen, uralten Handschuhe regelmäßig ein, als wären solche Einladungen nicht nur etwas ganz Normales, sondern stünden unmittelbar ins Haus.

Der Junge starrt auf Onkel Zeno, bis Onkel Zenos Gesicht von innen her aufzuleuchten scheint, schwach, wie ein Mond hinter Wolken. Es verwandelt sich in hundert unbekannte Gesichter, verzerrt sich zu hundert grinsenden Mienen, bis der Junge sie mit kräftigem Blinzeln verscheucht und seine Augen zwingt, nur das zu sehen, was wirklich da ist.

„Okay, Doc", ruft Onkel Zeno. „Laß den Ball nicht aus den Augen. Hier kommt er."

Der Baseball in Onkel Zenos Hand ist fast nicht zu sehen, ein Rauchfetzen, ein heller Schatten. Der Wald hinter der Wiese ist schon schlafdunkel; der Fluß findet seinen gewundenen Weg im Traum. Onkel Zeno wirft dem Jungen den Ball mit sanftem Schwung zu. Der sieht ihn erst, als er auf dem Bogen, in dem er fliegt, über die schwarze Linie der Bäume hinausgetragen wird und einen Augenblick wie ein Loch am schwach erleuchteten Himmel hängt. Dem Jungen sind die Arme müde geworden; er holt so kräftig aus wie er kann. Schläger und Ball prallen schwach aufeinander. Der Ball plumpst dem Jungen vor die Füße. Dort liegt er benommen, zitternd, die Kraft zum Flug noch unter der glatten Außenhaut verborgen. Der Junge wechselt den Schläger in die linke Hand, hebt mit der rechten den Ball auf und wirft ihn wieder zu Onkel Zeno zurück.

„Ich hab fast jedesmal getroffen", ruft er.

„Batter, batter, batter, batter", *zwitschert Onkel Al draußen auf dem Feld.*

„Say, whatta-say, whatta-say, whatta-say", *stimmt Onkel Coran in den uralten Baseballsingsang ein. Die Onkel singen für den Jungen. Er hat noch nie so etwas Schönes gehört. Er will nicht, daß sie aufhören.*

„Okay, Doc", sagt Onkel Zeno. „Einmal noch. Sieh genau her."

Zweites Buch

Jim macht eine Reise

Das weite Meer

Jim und Onkel Al brachen erst nach dem Abendessen zu ihrer Reise auf, als die Tageshitze endlich nachließ und die Abendluft versprach, die Fahrt eher zum Abenteuer zu machen als zu einem Leiden. Jim wußte nicht, wohin sie wollten, nur daß es weit in die Ferne ging. Mama hatte ihnen ein Dutzend Schinkenbrötchen in Butterbrotpapier eingepackt und eine große Flasche mit Wasser gefüllt. Hinter der Fahrerbank stand eine Papiertüte mit einem Paar Unterhosen, einem Paar Socken und einem sauberen Hemd für Jim. Onkel Al hatte zwei Thermosflaschen mit schwarzem Kaffee gefüllt, und er hatte Onkel Corans Pistole in der Tasche. Die Pistole war der Beweis für den tiefen Ernst der Reise: Sie lag normalerweise friedlich in der Schublade unter der Kasse im Laden und kam nur, einem seltenen, gefährlichen Vogel gleich, zum Vorschein, wenn einer der Onkel eine Schlange töten mußte.

Onkel Al war nur bereit mitzuteilen, daß sie zu einem Mann wollten, der einen Hund zu verkaufen hatte. Jim wußte aus Erfahrung, daß dies nicht ihr wahres Ziel war – es gab nie einen Hund –, aber er hatte nichts gegen die Heimlichkeit. Er war noch in keine Richtung weiter als dreißig Meilen von Aliceville fort gewesen; er glaubte, daß es überall Herrlichkeiten zu entdecken gab, egal wohin sie ihre Reise führte.

Eine Stunde nach dem Aufbruch kamen sie durch Shelby. Für Jim war das der Punkt im Osten, hinter dem Neuland begann. Er war schon zweimal in dem Städtchen gewesen und fand es auch diesmal wieder in jeder Hinsicht schöner als Aliceville. Shelby hatte breite, gepflasterte Straßen; sie wurden von großen, farbig gestrichenen Häusern hinter grünen Rasenflächen im kühlen Schatten alter Bäume bewacht. In der Innenstadt waren zu Jims Überraschung noch viele Geschäfte für Kunden geöffnet, obwohl es bereits dunkel wurde. Als sie um das Gericht herumfuhren, erhaschte er einen flüchtigen Blick durch eine offene Tür auf den blankgeputzten Tresen eines Eiscafés. Jim konnte sich ebensowenig vorstellen, in einem Eiscafé zu sitzen wie in einem Königsschloß, und er fragte Onkel Al nicht, ob sie haltmachen könnten.

Als sie aus der Stadt wieder in die offene Landschaft mit den roten Hügeln hinausfuhren, kamen sie an einem Wegweiser nach Charlotte vorbei. Dahin war Onkel Zeno eines Samstags mit Mama gefahren, bevor sie Jims Vater geheiratet hatte. Sie hatte dort ihr Hochzeitskleid in einem Warenhaus gekauft, war mehrmals mit einem Fahrstuhl gefahren und war beinahe von einer Trambahn überfahren worden, die unter einem blauen Funkenregen aus der elektrischen Oberleitung vorbeigeklingelt war. Jim hatte die Geschichte von Mutters Ausflug nach Charlotte sein Leben lang immer wieder gehört.

Er beugte sich so zur Seite, daß der warme Wind, der zum Fenster hereinpfiff, ihm direkt ins Gesicht blies. Wenn er ein Auge zukniff, verschwand der schwarze Strich am Rand der Landstraße unter dem vorderen Kotflügel des Lasters, als rollte der Reifen ihn auf wie ein Seil. Wenn er den Kopf aus dem Fenster steckte, sah er, wie sich der Strich hinter ihnen sauber wieder abrollte und den Weg anzeigte, auf dem sie gekommen waren. Das würde ihnen auf der Rückfahrt helfen, nach Hause zu finden.

Kleine gepflegte Farmen ähnlich denen in der Gegend, wo Jim aufgewachsen war, tauchten beidseits der Landstraße auf wie Fremde, deren Gesichter einem bekannt vorkommen. Die Farmhäuser waren ungestrichen und saßen ein Stück über dem Boden auf roten Backsteinpfeilern. In jedem Haus war je ein Hinterfenster vom matten Licht einer Kerosinlampe erleuchtet. Schwarze Rauchbänder von den Kochfeuern schlängelten sich aus den Schornsteinen und lösten sich am dämmerigen Himmel auf. Jim wußte, daß die Menschen, die in diesen Häusern lebten, sich um diese Zeit zu Tisch setzten und über den vergangenen Tag redeten. Sie arbeiteten in den Baumwollfeldern, durch die Jim und Onkel

Al fuhren. Jim sah sich die Farmen genau an; jede von ihnen war für ihn der letzte Vorposten an einer beweglichen Grenze.

Ihm kamen zwei Gedanken auf einmal, und beide waren gleichermaßen verblüffend. Er dachte: „Hier leben Menschen", und er dachte: „Sie kennen mich nicht." In diesem Augenblick ging die Welt um Jim auf wie Hände, die ihn bis jetzt umschlossen hatten; er fühlte sich in der offenen Weite ihrer Mitte ganz klein, fast unsichtbar, aber er wußte, daß die Hände ihn nicht loslassen würden. Fast kam es ihm vor, als flöge er. Die Dehnungsfugen in der Straße rumpelten in einem Rhythmus unter den Reifen des Lasters, der wie „Char-*Lott*, Char-*Lott*, Char-*Lott*" klang. Der Wind duftete kühl und frisch und vertraut nach Erde, Dünger und Maultieren, obwohl sie meilenweit von dem Ort entfernt waren, den Jim unwillkürlich für den Ursprung dieser Gerüche gehalten hatte. Er hörte sich laut sagen: „Schmeckt gut", aber Onkel Al schien ihn nicht zu hören. Als sie nach Kings Mountain kamen, war Jim eingeschlafen.

Das laute Rattern einer Tuchfabrik an der Einfahrt nach Gastonia weckte Jim vorübergehend aus seinem Schlummer. Die Fabrik war drei Stockwerke hoch und länger als eine Eisenbahn; man hätte ohne weiteres ganz Aliceville innerhalb ihrer Backsteinmauern unterbringen können. Sie lag am entfernten Ufer eines düsteren stillen Sees, dessen Wasser unversehens über ein hohes Wehr in die Tiefe stürzte. Die blendend hellen Fenster der Fabrik spiegelten sich erschreckend klar in dem schwarzen Seewasser. Der Maschinenlärm war beängstigend, noch über das beruhigende Brummen des Lasters hinweg. Jim machte sich lang und legte den Kopf auf Onkel Als Schoß. „Da will ich nicht rein", sagte er.

„Ich hoffe, das mußt du auch nie", sagte Onkel Al.

Jim hatte kaum den Lärm aus seinen Träumen verbannt, da zupfte Onkel Al ihn am Ohr. „Jim", sagte er, „wach auf. Charlotte."

Jim richtete sich auf und versuchte etwas zu sehen. Der Laster rollte an einem friedlichen Fluß entlang durch eine tiefe Schlucht, aber die Schlucht war von Nebel erfüllt, der die Sicht erschwerte. Im Schatten am Flußufer wuchsen dicht an dicht Bäume, und an ihren Zweigen hingen, reifen Früchten gleich, matte Lichter. Unter dem Blätterdach schwebten überall Trambahnen. Die Trambahnen schliefen fest, und Jim hoffte, der Laster würde sie nicht aufwecken. Der Fluß roch kühl und verlockend, wie Regen auf der Straße am Ende eines heißen Tages, fand Jim. Er wäre am liebsten bis zum Morgen daran entlanggerollt, bis sich der Nebel in der Sonne auflöste und er alles sehen konnte. Er hätte zu gern ein Licht von einem Zweig gepflückt und es mit nach Hause genommen. Mama hatte ihm nichts von dem Fluß und den Bäumen und den Lichtern erzählt; sie hatte ihm nicht erzählt, daß in Charlotte Trambahnen durch die Straßen schwebten. Von irgendwo am Ufer sagte ein Pferd freundlich etwas zu ihm.

Er erwachte in einer Stille, die so laut war wie Glockenläuten. Erst als er sich aufrichtete und Onkel Al im Scheinwerferlicht stehen sah, konnte er überhaupt etwas hören. Onkel Al trank Kaffee und aß ein Schinkenbrötchen. Jenseits von ihm lag tiefe Finsternis, baumlose, berglose, sternenlose Nacht, nichts, was den Himmel hindern konnte, sich auf die Erde zu legen. Hinter dem Laster war er bereits über der Straße eingestürzt. Jim kletterte aus dem Laster und lief eilig ins Licht. Onkel Al langte in eine Tasche, holte ein Brötchen hervor und reichte es Jim.

„Wo sind wir?“ fragte Jim.

„In South Carolina“, sagte Onkel Al. „Nicht viel dran, was?“

„Nein, Sir.“

Die Luft war warm und stickig, ein Mantel, der sich nicht abstreifen ließ. Vor den Scheinwerfern schwirrten die Motten; in der Finsternis ringsum schrillte das rhythmische Sägen der Grillen und Zikaden.

„Aber guten Boden haben sie hier. Kannst du ihn riechen?“

„Ja, Sir.“

„Den Geruch von Erde hab ich schon immer geliebt. Ich kann gute Erde am Geruch erkennen. Auch Unkraut kann ich riechen. Wußtest du schon, daß ich Unkraut riechen kann?"

„Nein, Sir."

„Unkraut. Baumwollkapselkäfer. Heuschrecken. Alles mögliche. Ich erkenn alles am Geruch."

„Ja, Sir."

„Ich wünschte bloß, daß ich wieder wach werden könnte. Das wär im Moment mein größter Wunsch." Onkel Al nahm den Hut ab und brüllte in die Nacht von South Carolina hinaus: „LIEBER GOTT, MACH, DASS ICH WIEDER WACH WERDE!"

Sie warteten, aber es kam nicht einmal ein Echo zurück. Gott schlief. Es war mitten in der Nacht. Jim gluckste.

Onkel Al setzte den Hut wieder auf. Er nahm noch einen Schluck Kaffee und sah plötzlich Jim prüfend an. Er fragte: „Wünschst du dir je, du hättest einen Vater?"

Die Worte trafen Jim, als wären sie aus Fleisch und Knochen.

„Mein Vater ist tot", sagte er.

„Das weiß ich, Jim", sagte Onkel Al. „Dein Papa war ein guter Mann, und alle wünschten, er wäre noch am Leben. Was ich meinte, war eigentlich, ob du dir je wünschst, du hättest jemand anders zum Vater?"

Das hatte Jim noch nie jemand gefragt. Seine Mutter hätte die Frage niemals zugelassen. Er ließ sich den Gedanken durch den Kopf gehen.

„Nein", sagte er schließlich. „Ich hab schon drei Väter."

Onkel Al sah Jim aufmerksam an, sagte aber nichts.

Jim dachte, er hätte etwas Falsches gesagt. „Dich und Onkel Zeno und Onkel Coran."

Onkel Al gab immer noch keine Antwort. Onkel Al schien nicht einmal in dem Gesicht zu stecken, das Jim ansah.

Jim schluckte. „Mann", sagte er, „was gibt es viele Käfer in South Carolina."

Onkel Al lachte auf, mit einem einzelnen scharfen Laut, der wie ein Bellen klang.

„Ich will dir mal was sagen, Jim", sagte er. „Mir ist es gleich, was andere sagen. Du bist in Ordnung. Jetzt iß dein Brötchen, bevor ich dir einen Knoten in den Schwanz mache."

Jim wachte langsam auf. Noch halb vom gemütlichen Brummen eingelullt nahm er einen Stern ins Visier und merkte dabei, daß er ihn schon eine ganze Weile beobachtet hatte. Der Automotor dröhnte; warme Luft strömte durch die Fenster herein und über seine Wangen und blies wieder hinaus. Onkel Al war mitten in einer Geschichte, deren Anfang Jim schon kannte; Jim schloß die Augen und tauchte in den Erzählfluß ein:

„... da richtete sich Zeno nach Cissys Wunsch und schrieb Amos Glass erst, nachdem wir Jim beerdigt hatten und du geboren warst. In dem Brief teilte er Amos mit, daß er nicht kommen sollte, daß Cissy traurig wär und daß es ihr gesundheitlich gar nicht gut ginge und daß sie ihn nicht sehen wollte. Trotzdem tauchte Amos, der sich wahrscheinlich in seinem ganzen Leben noch nicht nach dem gerichtet hatte, was ein anderer ihm befohlen hatte, eines Nachmittags gleich nach dem Essen im Laden auf. Er hatte Robley Gentine dazu angeheuert, ihn vom Berg zu uns in die Stadt zu fahren.

An dem Tag waren wir alle drei im Laden, wir haben den Sommer einfach nicht viel auf der Farm getan gekriegt, und plötzlich kommt Amos reingehumpelt, alt wie Methusalem, mit einem alten Hackenstiel als Stock, und sagt: ‚Ich bin Amos Glass. Bringt mich zu dem Jungen.'

Und Zeno sagt: ‚Amos, ich hab dir in dem Brief gesagt, Cissy will nicht, daß du den Jungen siehst.'

Worauf Amos sofort entgegnet: ‚Ich sag das nicht noch mal.'

Da erheben wir uns alle drei wie ein Mann, und Coran macht leise die Kassenschublade auf, weil wir nicht wissen, was als nächstes kommt, außer daß wir uns nicht auf unserem eigenen Grund und Boden rumkommandieren lassen, weder von Amos Glass noch von sonst jemand. Aber Robley Gentine, was dein Großonkel väterlicherseits ist, der macht einen Schritt rückwärts und sagt: ‚Moment mal, Jungs, ich halt mich da raus', und Amos begreift sofort, was Sache ist. Wir waren drei gegen einen, und er war alt. Er starrte uns eine Weile mit seinen blauen Augen an, daß man den Teufel persönlich darin leuchten sah, aber dann fing er auf einmal an zu weinen, brach einfach mitten im Laden in Tränen aus und sagte: ‚Mein Jimmy's tot. Mein Jimmy's tot. *Bitte* laßt mich den Jung sehn. *Bitte* laßt mich den Jung sehn.'

Na, da wußten wir nicht, was wir machen sollten. Wir wußten, daß Cissy uns alle Mann umbringen würde, wenn wir ihr Amos Glass ins Haus brachten, aber andererseits war der Alte so ein Bild des Jammers, daß es einem schier das Herz brach. Wir baten Amos also, einen Augenblick zu warten, und gingen nach hinten ins Lager, um die Sache zu bereden, und da fiel Coran ein, daß Cissy ja schlief, sie verschlief lange Zeit den größten Teil des Tages, deshalb überlegten wir uns, daß es ja vielleicht nichts schaden konnte, wenn wir Amos von außen durch das Fenster gucken ließen.

Also gingen wir mit Amos zu Zeno, holten einen Stuhl von der vorderen Veranda und lugten heimlich in Cissys Fenster, um zu sehen, ob sie auch wirklich schlief, und dann haben wir alle vier, Zeno und Coran und Robley Gentine und ich, Amos Glass zusammen auf dem Stuhl in die Höhe gehievt und ihn da oben festgehalten, und er hat ins Fenster geguckt und dich da im Bett neben deiner Mama liegen gesehen – es war das einzige Mal, daß er dich je gesehen hat –, und wir haben gehört, wie er ‚Jimmy, Jimmy ...' flüsterte."

Da lächelt Jim und steigt aus der Erzählung aus und lauscht darauf, wie sie seinem Gehör entgleitet, während er wieder in den Schlaf sinkt.

Der erste helle Sonnenschein des neuen Tages traf sie an einem verlassenen Krämerladen in der Nähe von Florence. Das kleine verwitterte Haus stand unmittelbar an der Landstraße unter einer alten Eiche mit dicken ausladenden Ästen. Als sie in das Grundstück einbogen, flog eine einzelne Krähe oben aus dem Baum auf, als wollte sie jemandem Bescheid sagen, daß sie gekommen waren. Onkel Al fuhr den Laster unter den Baum in den Schatten. Als er den Motor abstellte, tickte er heiß in den stillen Morgen hinein.

Das Ladengebäude stand gebückt zwischen weiten, brachliegenden Feldern, auf denen Kletten und Bartgras und kleine Zedern wuchsen. Wie Jim wußte, zeigt das Vorhandensein der Zedernbäume, daß auf diesen Feldern zu viele Jahre hintereinander Baumwolle angebaut worden war. Jetzt war der Boden zu ausgelaugt, um ihn noch zu bepflanzen; die Bauern, die ihn bestellt hatten, waren fortgezogen, und der Laden, in dem die Farmer eingekauft hatten, hatte zugemacht. Die Onkel bauten Baumwolle nie zwei Jahre hintereinander auf demselben Boden an, und Farmer, die das taten, verachteten sie.

Onkel Al nahm den Hut ab und legte ihn neben sich auf die Bank.

„Ich werde ein Nickerchen machen", sagte er. „Kannst du beide Augen offenhalten, bis ich wieder aufwache?"

„Ja, Sir."

„Du mußt gut aufpassen, daß sich keiner von hinten anschleichen kann. Wenn mich wer im Schlaf packt, stehst du ganz schön dumm da."

Jim kletterte aus dem Laster, damit er alles besser im Blick hatte. Er ließ die Tür offen für den Fall, daß er schnell wieder einsteigen mußte. Die Eiche, unter der er stand, bildete scheinbar genau den Mittelpunkt der brachliegenden Felder; die blaue Kuppel des Himmels wölbte sich mittig über dem Baum, so daß der Flecken bedeutend wirkte, obwohl nichts in der Landschaft abgesehen von dem Baum die Bedeutsamkeit bestätigte. Im Osten zeigte ein dunkler Gestrüppstreifen in der Ferne an, daß dort ein Fluß lag, doch sonst gab es nichts, was das Auge auf sich zog. Der alte Laden lehnte sich leicht dem Baum zu, als könnte er ohne seine Gesellschaft nicht sein.

Auf der Veranda vor dem Laden entdeckte Jim ein Reklameschild für Red Rock Cola mit einem Thermometer, das wie eine Botschaft mitten an die Tür genagelt war. Er betrachtete es mit ernstem Gesicht; schon jetzt stand es auf 29 Grad. „Wird 'n heißer Tag werden heute", sagte Jim laut, aus keinem anderen Grund, als um sich Mut zu machen. Er mußte damit rechnen, daß sich in dem Haus ein Landstreicher oder ein Räuber oder ein Gespenst verbarg. Im Land herrschte eine Wirtschaftskrise. Mama meinte, Wirtschaftskrisen machten die Menschen böse. Jim schlich auf Zehenspitzen zum einzigen Fenster im Haus, saugte die Lungen voll, um sich zu wappnen, und spähte durch die Scheibe hinein. Drinnen war nichts außer einem rohen Holztresen und ein paar wackligen Regalen. So weit, dachte Jim, so gut.

Hinter dem Laden fand er den ausgeblichenen Schädel eines kleinen Tieres; er konnte keine Hinweise darauf entdecken, wodurch es gestorben war, und beschloß, daß es von einer Schlange getötet worden sein mußte. Jim steckte den Schädel auf einen langen Stock und stocherte damit im Unkraut am Laden herum, aber die Schlange zeigte sich nicht. Zweimal hörte er Autos auf der Landstraße näher kommen, und beide Male versteckte er sich schnell vor der Motorhaube des Lasters, um bei Bedarf Onkel Al zu wecken, aber beide Male fuhren die Autos, ohne ihr Tempo zu verlangsamen, vorbei. Jim sah ihnen nach, bis sie verschwanden, um ganz sicher zu sein, daß die Fahrer ihn nicht reinlegen wollten.

In Florence fragte Onkel Al nach dem Weg zur Plantage von Mr. Harvey Hartsell. Mr. Hartsell hatte zwei Arbeitspferde zu verkaufen, ein Paar gleicher Belgier. Onkel Al hatte eine Anzeige für die Pferde in einem landwirtschaftlichen Monatsblatt entdeckt. Die Onkel arbeiteten eigentlich mit Maultieren – sie hatten immer mit Maultieren gearbeitet –, doch in letzter Zeit war in Onkel Al der Wunsch nach einem guten Pferdegespann gekeimt. Er habe es satt, den ganzen Tag mit Maultieren zu reden, meinte er. Maultiere seien nicht immer ehrlich. Pferde seien zwar nicht so schlau wie Maultiere, aber was sie sagten, könne man ihnen wenigstens glauben.

Der Weg zu Mr. Harvey Hartsell war nicht schwer zu finden. Er wohnte am Ende einer langen unbefestigten Straße, die allem Anschein nach allein dem Zweck diente, Besucher direkt an seine Tür zu führen. Das Haus war aus rotem Backstein mit hohen weißen Säulen, Veranden im Erdgeschoß und Balkons in der oberen Etage. Es stand am Ende einer langen weißen Auffahrt aus zermahlenen Muscheln. Die Auffahrt lag im Schatten von Pekannußbäumen, deren lange Äste in der Mitte aneinanderstießen; die Bäume bildeten einen kühlen grünen Tunnel, durch den Onkel Al fuhr. Jim schämte sich plötzlich seiner Latzhose und des Schweißrings an Onkel Als Strohhut und der Schinkenbrötchen, die sie gerade vertilgt hatten. Irgendwie fühlte er sich auf Mr. Harvey Hartsells Plantage fehl am Platz. Onkel Al klopfte lange an die hohe Flügeltür des Hauses. Als keiner aufmachte, war Jim froh.

Wieder auf der Hauptstraße lenkte Onkel Al den Laster zu einer Ansammlung von Hütten und Farmgebäuden in der Ferne. Die Hütten, an denen sie auf dem Weg zur Hauptscheune vorbeikamen, sahen aus, als wären sie verschlossen und verlassen, obwohl auf einer Veranda ein Hund schlief und an einer Hütte eine Ladung Wäsche im Garten hing. Onkel Al hielt neben einem alten Laster, der im Schatten der Scheune abgestellt war. Auf sein Rufen reagierte niemand, aber als sie um die Scheune gingen, entdeckten sie einen alten Mann, der am weißgekalkten Tor zu einer Pferdekoppel lehnte. In der Koppel lagen zwei tote Pferde. Auf jedem Pferd hockte reglos ein Geier, als ob er darauf wartete, daß der Alte ein Tischgebet sprach. Jim hielt sich die Nase zu. Die schuppigen roten Köpfe der Geier waren häßlich, und sie machten ihm angst.

„Tag", sagte Onkel Al und betrachtete die Pferde.

„Tag", sagte der alte Mann.

„Sind Sie Mr. Harvey Hartsell?"

Der alte Mann lachte, als wäre die Frage ein guter Witz. Er zwinkerte Jim zu und fragte: „Findesdu, ich seh wie Mr. Harvey Hartsell aus?"

Der alte Mann hatte keine Zähne. Wenn er nicht redete, fiel sein Gesicht in sich zusammen. Jim war sicher, daß Mr. Harvey Hartsell Zähne gehabt hätte.

„Ich weiß nicht, wie Harvey Hartsell aussieht", sagte Onkel Al. „Aber deshalb muß man mir nicht gleich dumm kommen."

Jim sah Onkel Al erstaunt an. Er hatte noch nie erlebt, daß einer seiner Onkel einem Fremden gegenüber einen unfreundlichen Ton anschlug.

Der alte Mann schien sich jedoch nicht daran zu stoßen. Er klemmte sich die Daumen unter die Achseln und schlug die Arme auf und ab.

„Wie 'n Knastvogel sieht Harvey Hartsell aus", sagte er. „Er hat diese Pferde da erschossen, damit die Bank sie nich inne Finger kriegt. Er hat alle Tiere aufm Hof erschossen, und jetzt isser im Knast."

„Ach, du großer Gott", sagte Onkel Al.

„Alle ham mich gewarnt: ‚Laß dich bloß nich erwischen, wie du auf Mr. Harvey Hartsells Hof rumschleichst', ham sie gesagt, aber ich hab gesagt: ‚Das ist nich mehr Mr. Harvey Hartsell sein Hof nich. Was soll er mir jetzt noch anham?'" Dem alten Mann gefiel der Gedanke sichtlich. Er stellte einen Fuß auf den untersten Torbalken, als wäre es sein Tor. „Ich hab früher für Harvey Hartsell gearbeitet, aber er hat versucht, mich um meine Anteile zu bescheißen. Als ich sie mir holen wollte, hat er mich weggejagt. Jetzt isser im Knast."

Jim stellte fest, daß er mit Mr. Harvey Hartsell sympathisierte, obwohl der die Pferde erschossen hatte, um derentwillen Onkel Al von so weit her angereist war.

„Die Pferde", sagte der alte Mann, „waren Belscher."

„Belgier", sagte Onkel Al.

Er bückte sich, stieg zwischen den Torbalken durch und ging langsam über die Koppel. Einer der Geier legte sich mit seinen gewaltigen Schwingen auf die Luft und flog niedrig über die Felder davon. Aber der andere Geier breitete die Flügel aus und fauchte Onkel Al an. Durch seine Federn schien die Sonne. Jim hätte die Flügel schön gefunden, wären sie nicht an dem Eidechsenkopf des Geiers fest gewesen. Onkel Al blieb stehen, zog die Pistole aus der Tasche und zielte auf den Vogel.

„Oh-oh", sagte der alte Mann. "Wird Zeit, daß ich Land gewinn." Er hielt seinen Hut fest und eilte steif um die Scheune davon.

Jim ließ seine Nase los und hielt sich statt dessen die Ohren zu. Binnen einer Sekunde besann er sich eines Besseren und hielt sich wieder die Nase zu. Der Schuß war nicht so laut, wie er befürchtet hatte: Er verklang in der Hitze matt und dünn und erzeugte kein Echo. Der Geier legte sauber die Flügel an und fiel schwer und langsam vom Pferd. Von dem Pferd erhob sich, wie Jim schien, einen Moment ein dünner pferdeförmiger Schleier aus Fliegen und legte sich gleich wieder über das Tier. Onkel Al steckte die Pistole in die Tasche und ging zu der Stelle, wo die Pferde lagen. Jim hatte nicht gemerkt, wie groß sie waren, bis er Onkel Al vor ihnen stehen sah. Es waren gigantische Tiere gewesen, viel größer als alle Maultiere, die er kannte. Sie sahen aus, als hätten sie, wenn Onkel Al sie hätte zum Aufstehen bewegen und anschirren können, ohne weiteres die Scheune einzureißen vermocht. Onkel Al sah eine ganze Weile auf die toten Pferde nieder. Ihm schien der Gestank nichts auszumachen.

Anstatt sich gleich wieder auf den Rückweg nach Aliceville zu machen, fuhr Onkel Al von Florence Richtung Myrtle Beach. Zu Jim sagte er, er habe noch nie das Meer gesehen und dazu sei jetzt eigentlich eine gute Gelegenheit. Das war für ihn eine ungewöhnliche Entscheidung, denn zu Hause wartete die Arbeit auf ihn. Aber die neue Wendung der Dinge gefiel Jim durchaus: Er hatte auch noch nie das Meer gesehen.

Die Landstraße, auf der sie fuhren, führte bald in die Küstenebene hinunter. An vielen Stellen lagen beidseits der Straße stille Gewässer. Aus dem Wasser ragten knorrige graue Bäume, und an ihren Ästen hingen lange Flechten. Durch die Sümpfe zogen sich schwarze, von totem Geäst verstopfte Wasserläufe ohne jede erkennbare Strömung. Die Fahrt durch diese Gegenden dauerte lange, und Jim war froh, daß sie nirgends anhielten. Als die Straße wieder aus den Sümpfen führte, schlängelte sie sich durch kleine Ortschaften mit baufälligen Hütten. Die Gärten vor den

Hütten waren voller Hühner und kleiner dreckiger Kinder. Unter den Veranden stürmten ganze Meuten von Hunden aller Farben und Größen wütend bellend hervor, jagten wie wild hinter dem Laster her und schnappten nach den Reifen. In der Nähe der Ortschaften lagen jeweils weite, mit Baumwolle und Tabak bestandene Niederungen, in denen Feldarbeiter und Arbeiterinnen mit Strohhüten oder bunten Kopftüchern aus den Reihen aufschauten, wenn der fremde Laster vorüberfuhr. Von Zeit zu Zeit erspähten sie große weiße, zurückgelegene Häuser unter Bäumen, weitab von der Straße. Jim fragte sich, ob die Bank sich auch diese Plantagen holen würde und ob die Besitzer durch alle Ställe und über alle Weiden laufen würden, um alle Tiere zu töten, die sie finden konnten. Zum ersten Mal seit der Abfahrt in Aliceville spürte Jim Sehnsucht nach daheim. Er war froh, daß er nicht in South Carolina lebte.

Schließlich verließen sie die Sümpfe und Plantagen und kamen in eine trostlose Ödnis, in der es nichts zu sehen gab als Kiefern. Als die Kiefern endlich hinter ihnen lagen, sahen sie vor sich plötzlich das offene Meer. Jim blieb die Luft im Hals stecken, als fürchtete sie sich herauszukommen. Er versuchte mehrmals zu atmen, bekam aber keine Luft. Er wünschte, das Meer würde einen Augenblick, nur so lange, bis er sich an den Anblick gewöhnt hatte, *still* halten. Doch die Wellen reihten sich hintereinander auf und rasten auf den breiten weißen Strand zu wie eine Horde Jungs, die es nicht abwarten können, über einen Graben zu springen. Eine Welle nach der anderen stieg auf, nahm Anlauf, raste auf South Carolina zu und schleuderte sich auf den Sand. Und jede neue Welle hörte sich, wenn sie sich krachend brach, für Jim an wie der zornige Atem Gottes.

„Tja, da ist das Meer", sagte Onkel Al.

„Da ist es", sagte Jim.

„Der Atlantische Ozean."

„Ja, Sir."

„Erstaunlich, daß ein Mann sein Leben lang vor sich hinleben kann, ohne je einen Gedanken an etwas so Großes zu haben."

„Ja, Sir."

„Wir müssen das Meer in der Schule durchgenommen haben, aber ich hab keine Erinnerung mehr daran. Ich hab keine Ahnung, wann ich zuletzt einen Gedanken ans Meer verschwendet hab."

„Ja, Sir."

„Aber da ist es."

„Ja, Sir."

Sie stiegen aus dem Laster aus und machten sich auf den Weg über die Düne zum Strand. Die Düne war mit einer Art Hafer bestanden, der im Wind, der vom Meer her wehte, raschelte. Onkel Al blieb stehen und sah sich die Rispen genau an; Jim stellte sich erst auf einen Fuß und dann auf den anderen und schenkte dem Hafer nicht die geringste Beachtung. Der Sand verbrannte seine Fußsohlen. Unten auf dem Strand war der Sand kühler, aber das Tosen der Wellen war lauter als in den Dünen. Jim konnte das salzige Wasser schmecken, wie es fein zerstäubt durch die Luft niederregnete. Er langte hoch und ergriff Onkel Als Hand.

„Wir sollten wahrscheinlich lieber nicht ins Wasser gehen, Jim", sagte Onkel Al. „Wir kennen das Wasser überhaupt nicht."

„Ich will da gar nicht rein", sagte Jim.

Sie blieben ein gutes Stück vor der dunklen Linie stehen, die anzeigte, wie weit das Meer maximal vordrang. Sie schauten eine Weile auf die Stelle in der Ferne, wo der blaue Himmel und das blaue Wasser verschmolzen. An dem schaumigen Rand der auslaufenden Wellen rannte ein kleiner weißer Vogel mit langen Beinen hin und her. Er lief über den Strand auf die Düne zu, wenn die Wellen kamen, und auf das Wasser zu, wenn sie abliefen. Er schien etwas an der gefährlichen Stelle, wo das Wasser aufhörte und das Land anfing, zu suchen, aber nicht finden zu können. Als sie ihm zu nahe kamen, flog er davon und rief: „Kii-kii-kii-kii."

„Jim", sagte Onkel Al. „Ich möchte, daß du weißt, daß wir keine Schulden haben, bei niemandem. Wir bezahlen immer alles gleich. Verstehst du?"

„Ja, Sir."

„Ich wollte bloß, daß du dir darüber im klaren bist."

„Ja, Sir."

Jim dachte einen Augenblick nach und zeigte dann aufs Meer: „Ist unser Fluß da drin?"

„Ja, irgendwo", sagte Onkel Al, „aber ich möchte nicht danach suchen müssen."

„Ich auch nicht", sagte Jim. Er dachte noch einmal nach und fragte dann: „Liegt Belgien am Meer?"

„Zu einem kleinen Teil schon, glaub ich", sagte Onkel Al.

„Warum hast du den Geier erschossen?"

„Ich weiß nicht. Ich konnte es einfach nicht ertragen, daß ein Geier auf einem Pferd stand."

„Ach so", sagte Jim.

„Ich glaube nicht, daß es richtig war. Er war bloß ein Geier, der sich wie ein Geier benommen hat."

„Schon gut, Onkel Al."

„Mach dich nie über anderer Leute Unglück lustig, Jim."

„Nein."

„Das bringt dir nichts ein als die Strafe Gottes. Wenn du seinen Segen mißbrauchst, um auf andere Leute herabzusehen, ist das wie Fluchen. Wie wenn du seinen Namen unnützlich führst. Verstehst du das?"

„Ja, Sir."

Onkel Al nahm den Hut ab und wischte sich mit dem Hemdsärmel übers Gesicht. „Das war eine lange Reise, was Jim?"

„Ja, Sir."

„Ich will jetzt bald wieder nach Haus und nicht so bald wieder weg. Willst du vorher noch ins Wasser?"

„Nein."

„Ich finde, wir sollten noch reingehen."

„Ich hab keine Lust."

„Nur ein kleines Stück", sagte Onkel Al. „Ich paß auf, daß es dich nicht mitreißt. Dann können wir, wenn wir nach Hause kommen, Zeno und Coran erzählen, daß wir im Atlantik gebadet haben."

Onkel Al zog die Schuhe und die Socken aus und ließ sie in den Sand fallen. Er rollte die Beine seiner Latzhose hoch und führte Jim an den Meeresrand, wo erst eine Welle und dann noch eine an ihre Waden schwappte. Das Wasser war wärmer, als Jim es sich vorgestellt hatte. Ein Fisch, nicht länger als ein Gedanke, schwamm an seine Füße; als er mit den Zehen wackelte, verschwand er, als wäre er aus Licht. Im Wasser spürte er den Fluß, der durch die Felder der Onkel floß. Vielleicht hatte Onkel Zeno oder Onkel Coran heute morgen in den Fluß geguckt. Vielleicht hatten sie ein Halstuch in seinem Wasser naßgemacht und sich damit den Schweiß aus dem Gesicht gewischt. Jim hielt sich an Onkel Als Hand fest und machte die Augen zu und versuchte Belgien zu spüren. Er versuchte es, bis ihm schwindlig wurde und er spürte, wie ihm das Wasser fremde Wörter an die Füße schrieb. Doch als er die Augen aufmachte, sah er vor sich nichts als Meer, nichts als mächtiges, sich auftürmendes Wasser.

„Ich wünschte, wir wären eher da angekommen", sagte Onkel Al.

„Ich auch", sagte Jim.

Drittes Buch

Stadtjungen und Bergjungen

Der erste Tag

Der Morgen roch nach Schule.

Der Morgen davor hatte bloß nach Sommer gerochen, nach Tau und Gras und erntereifen Feldern. Doch heute lag der Geruch von Büchern, Bleistiften und Tafelwischern voll Kreidestaub in der Luft, der Geruch vom Ende der langen, trägen Tage. Beim Frühstück kitzelte die köstliche neue Luft Jim in den Lungen. Jetzt würde alles wieder mit mehr Tempo gehen, das spürte er. Er leerte sein Milchglas mit einem letzten großen Schluck und schob seinen Stuhl vom Tisch zurück.

„Tja", sagte er so tonlos wie möglich, „wird wohl Zeit, daß ich zur Schule komme."

Wie zur Antwort rückten Mama und die Onkel ebenfalls ihre Stühle ab und standen auf.

„Ich hol meinen Hut", sagte Onkel Al.

„Ich wasch ab, wenn wir wiederkommen", sagte Mutter.

„Ist bestimmt nicht schlimm, wenn ich den Laden ein bißchen später aufmache", sagte Onkel Coran.

„Gut", sagte Onkel Zeno, „dann man los."

„Moment mal", sagte Jim. „Wo wollt ihr denn hin?"

Onkel Zeno machte ein verdutztes Gesicht. „Wir wollen zur Schule. Mit dir."

„Mit mir?" stotterte Jim. „Warum wollt ihr mit mir zur Schule gehen?"

„Wir wollen deine Lehrerin kennenlernen", sagte Onkel Al.

„Und dein Klassenzimmer sehen", sagte Mama.

„Und all deine kleinen Freunde kennenlernen", sagte Onkel Coran.

Jim war entgeistert. Nicht einmal bei den Erstkläßlern kam die ganze Familie mit zur Schule. Er sah sich schon auf den Schulhof kommen, mit seiner Mutter und den Onkeln im Schlepp wie eine Hundemeute, die nicht auf ihn hörte, wenn er sie nach Hause schickte. Er hörte förmlich, wie alle Kinder in der neuen Schule, Hunderte von Kindern, ihn auslachten. Ihm wurde schon bei dem Gedanken heiß.

Onkel Zeno wirkte gekränkt.

„Was ist, Doc?" fragte er. „Willst du nicht, daß wir mit dir zur Schule kommen?"

Jim schaute mit offenem Mund von einem Gesicht zum andern. Er wollte ihre Gefühle nicht verletzen, aber er wollte auch nicht, daß sie mit ihm in die Schule kamen. Schließlich war er jetzt in der vierten Klasse.

Doch bevor er etwas sagen konnte, entrang sich Mamas Mund ein einziger, vogelartiger Piepser. Dann grunzte Onkel Coran, der offensichtlich die Luft angehalten hatte, wie ein Schwein. Als Onkel Zeno und Onkel Al anfingen zu beben, ging Jim auf, daß sie gar nicht wirklich vorgehabt hatten, ihn zur Schule zu begleiten. Jetzt eilten die Onkel um den Tisch, umringten ihn und schoben ihn zur Tür, und ihre Stimmen verschmolzen zu einem einzigen unverständlichen Gewirr aus Lachen und Witzen. Mama reichte ihm sein Heft und seinen Baseballhandschuh, während die Onkel ihn schon über die Veranda und zur Treppe hinunterdrängten.

Als Jim an der Landstraße war, drehte er sich um und blickte zurück. Mama und die Onkel winkten von der Veranda.

„Sei brav, Doc", rief Onkel Zeno.

„Lern fleißig", sagte Mama.

„Paß gut auf", sagte Onkel Al.

„Laß dir nicht den Hintern versohlen", sagte Onkel Coran.

„Tschüß", rief Jim und winkte zurück. „Tschüß, ihr alle." Und als er sich umdrehte und zur Schule auf dem Hügel sah, wünschte er sich einen Augenblick lang, daß er nicht einen einzigen Schritt weitergehen müßte, sondern an Ort und Stelle bleiben könnte, ohne jemals fortzugehen.

Jim hatte in seinem Leben noch nicht so viele Kinder auf einem Fleck gesehen. Auf dem Schulhof um ihn herum standen die Schüler aus den fünf kleineren Schulen, an deren Stelle es jetzt die neue Schule gab – Schüler von der ersten bis zur zwölften Klasse, dem letzten Jahr der High School. Zuerst entdeckte Jim kein einziges bekanntes Gesicht. Doch dann erspähte ihn Buster Burnette, ein Viertkläßler aus der alten Schule, in der Menge, und gemeinsam fanden sie Crawford Wilson, ebenfalls von ihrer Schule, und Larry Lawter, einen Cousin von Buster, den Jim aus der Kirche kannte, und Larrys Freund Dennis Deane, mit dem Larry in Sunny View zur Schule gegangen war. Zusammen bildeten die fünf Jungen eine Schar, die groß genug war, auf dem Schulhof beisammenzustehen, ohne vor den größeren Jungen Angst haben zu müssen.

Jim war glücklich, so viele Jungen um sich zu haben. Den Sommer über sah er an den meisten Tagen überhaupt keine anderen Kinder. Es tat ihm wohl, als die anderen anfingen, ihn zu fragen, was sie tun und wo sie hingehen sollten, als hätten sie sich vor seiner Ankunft heimlich getroffen und ihn zu ihrem Anführer gewählt.

Jim wußte bereits, daß er ein besserer Baseballspieler war als Buster und Crawford, und er wußte auch, daß er schneller laufen konnte als sie. Prüfend sah er Larry Lawter an, der zu dick war, um sehr schnell zu sein, und Dennis Deane, der klein war, und stellte fest, daß er auch schneller laufen können müßte als die beiden. Außerdem fiel ihm auf, daß er größer war als die anderen Jungen. Nicht daß er seine Größe ausgenutzt hätte, um sie zu schikanieren. Er war der Junge, zu dem die anderen Jungen aufblickten, und er nahm die Verantwortung, die ihm damit zufiel, ernst. Er teilte ihnen mit, daß sie seiner Ansicht nach versuchen sollten, in der Pause ein Baseballspiel auf die Beine zu stellen. Die Jungen bewunderten der Reihe nach Jims Handschuh und probierten ihn an. Sie schlugen mit der Faust in die Mulde in der Mitte und klappten den Handschuh auf und zu wie ein Flußkrebs seine Scheren, um imaginäre Bälle aus der Luft zu holen.

Um Punkt acht Uhr trat der neue Direktor, Mr. Dunlap, aus der

Eingangstür und brachte die Riesenschülermenge vor den Stufen einfach dadurch zum Schweigen, daß er die Arme hob wie Moses. Mit der Lehrerin für die erste Klasse beginnend, einer hübschen Dame mit dem Namen Miss Lathan, stellte er alle Lehrerinnen nacheinander vor und verlas eine Liste der Kinder, die jeweils in ihre Klassen gehen würden. Diese Kinder stellten sich dann in einer Reihe auf und marschierten hinter ihrer Lehrerin in das Gebäude.

Die Lehrerin der vierten Klasse war ein kleine mollige ältere Frau mit dem Namen Miss Nanney. Sie hatte einen kugelrunden Bauch und lockiges Haar, das weder richtig grau war noch irgendeine andere Farbe hatte. Schon bevor Mr. Dunlap die Liste der Viertkläßler ganz verlesen hatte, schnippte sie mit den Fingern und deutete auf Jim und seine Freunde, weil sie kicherten, während sie sich aufstellten, und erreichte damit, daß sie noch mehr kichern mußten. Mr. Dunlap bedachte sie mit einem strengen Blick, als sie an ihm vorbei ins Gebäude marschierten.

„Mann", flüsterte Buster Jim ins Ohr. „Das kann ja heiter werden."

Da Miss Nanneys Klassenraum wie alle anderen in der nicht fertiggestellten Schule oben nicht mit einer Decke abschloß, hatte er etwas Offenes, scheunenhaftes. Die Wände jedoch waren frisch verputzt und weiß gestrichen und mit großen bunten Landkarten der Vereinigten Staaten, der Südstaaten und des Heiligen Landes zur Zeit Jesu Christi geschmückt. Die Fußböden waren mit duftendem Leinöl gebohnert. An die Tafel war noch nie etwas geschrieben worden. Fast eine ganze Wand wurde von hohen Fenstern eingenommen, die von der Decke bis zum Boden reichten; drinnen war es trotz der Tatsache, daß es kein elektrisches Licht geben würde, ehe Aliceville ans Stromnetz angeschlossen wurde, taghell. Jim gefiel der Raum rundum gut.

Als erste Amtshandlung setzte Miss Nanney Jim und seine Freunde so weit auseinander, wie es ging, damit sie während des Unterrichts keinen Unfug zusammen machen konnten. Jim setzte sie in die erste Reihe, was ihm gut gefiel. Bis jetzt war er immer gern zur Schule gegangen, er saß gern vorne in der Klasse. Er wartete schon begierig auf eine Aufgabe, an der er Miss Nanney zeigen konnte, was er auf dem Kasten hatte.

„Ich nehme an, ihr habt gemerkt, daß in dieser Klasse jede Menge Bänke leer sind", sagte Miss Nanney, nachdem sie allen einen Platz zugewiesen hatte.

Miss Nanney war nicht dafür gewesen, die Schulen zusammenzulegen, sie hatte ihre kleine Schule in High Shoals widerstrebend verlassen.

„Daß in diesem Raum Plätze leer sind, liegt daran, daß der Bus vom Lynn's Mountain noch nicht angekommen ist. Und wenn der Bus vom Lynn's Mountain es nicht einmal an einem trockenen Septembertag schafft, pünktlich zu sein, dann weiß ich nicht, wie das im Winter werden soll. Ich werde deshalb mit dem Verlesen der Namensliste warten, bis die anderen da sind."

Jim drehte sich um und sah sich die leeren Plätze hinter ihm an. Es war ihm vorher gar nicht aufgefallen, daß in Miss Nanneys Klasse keine Kinder vom Lynn's Mountain waren. Der Fuß des Lynn's Mountain war nicht weit von Aliceville, aber zum Gipfel war es wegen der schmalen gewundenen Straßen eine ziemliche Reise. Jim fragte sich, ob die Jungen vom Berg eher wie sein Vater sein würden, der allen Berichten zufolge ein freundlicher, umgänglicher Mann gewesen war, oder eher wie sein Großvater, der für seine Bosheit berüchtigt war. Und er fragte sich, ob die neuen Jungen den Namen Jim Glass wiedererkennen würden, ob er sich auf dem Schulhof mit ihnen würde prügeln müssen, weil er mit einem bösen Mann verwandt war, den er nie gesehen hatte.

Als es um zehn Uhr zur Pause läutete, nahm Jim den Schläger und den Ball, die Miss Nanney aus einem Schrank holte, und begab sich mit den Jungen zum neuen Maschendrahtnetz in der hintersten Ecke des Schulhofs. Sie waren einstimmig der Meinung, daß es nicht in Frage kam, die Mädchen zu ihrem Spiel hinzu zu bitten. Die Mädchen blieben in der Nähe des Schulgebäudes und spielten Seilspringen. Weil sie nur fünf Jungen waren, schlug Jim vor, daß sie „Roll-the-bat" spielten, anstatt ein richtiges Match anzufangen.

Noch bevor sie sich allerdings aufgestellt hatten, sah Crawford Wilson, wie Miss Nanney mit fünf Jungen und vier Mädchen um das Gebäude kam. Am Rand des Schulhofs blieb sie stehen und deutete zunächst auf die seilspringenden Mädchen, dann deutete sie über den Schulhof auf das Baseballtor.

„Wer ist das denn?" fragte Buster Burnette, als die neuen Jungen auf sie zukamen.

„Ich wette, das sind die vom Lynn's Mountain", sagte Jim.

„Die Hinterwäldler", sagte Dennis, und alle kicherten unsicher. Keiner von ihnen wies darauf hin, daß die Neuen genau solche Latzhosen trugen wie sie.

Die neuen Jungen schienen von einem hoch aufgeschossenen, gutaussehenden Jungen mit tintenschwarzem Haar und dunklen Augen angeführt zu werden. Er blieb unmittelbar vor Jim stehen, während die anderen neuen Jungen sich um ihn scharten. Er war ungefähr so groß wie Jim, vielleicht minimal größer. Jim fand, er wirkte aufgeblasen und herrschsüchtig.

„Ich bin Penn Carson", sagte der neue Junge zu Jim, mit einem leicht merkwürdigen Akzent.

„Ich bin Jim Glass", sagte Jim. „Dies sind meine Freunde."

Er stellte sie vor, während die Neuen sie von oben bis unten musterten. Penn Carson nickte und zeigte auf seine Freunde.

„Das ist Otis Shehan. Mackey MacDowell und Willie McBee und Horace Gentine."

Alles murmelte: „Hey."

„Ich glaub, ich bin irgendwie dein Vetter", sagte Horace Gentine zu Jim.

„Ich glaub nicht, daß ich einen Vetter hab", sagte Jim. Er wußte es nicht, ob er Vettern hatte oder nicht.

„Ich kenn deinen Opa", sagte Otis Shehan.

Jim sah sich Otis an. Er war ein ganzes Stück kleiner als Jim, aber er sah aus, als könnte er gemein werden.

„Mit meinem Opa hab ich nicht viel zu tun", sagte Jim.

„Du heißt Penn?" fragte Buster Burnette den Neuen.

„Ich bin nach William Penn getauft. Er war der Gründer von Pennsylvania. Meine Mutter war eine Missionarin der Quäker aus Pennsylvania. Sie war unsere Lehrerin, bis die Schule zugemacht wurde."

Penn sprach Lehrerenglisch, das machte Jim ein wenig befangen.

„Wer sind die Quäker?" fragte Crawford Wilson.

„Das ist ziemlich kompliziert", sagte Willie McBee.

„Eine christliche Kirche", sagte Penn.

„Aber keine Baptisten", sagte Larry Lawter.

„Und keine Methodisten", sagte Buster Burnette.

„Sondern eine Yankee-Kirche", sagte Dennis Dean, aber keiner lachte.

„Penn ist kein Yankee", sagte Otis Shehan. „Und er prügelt sich nicht, weil das gegen seine Religion ist."

Penn streckte die Hand aus, wie um Otis daran zu hindern, sich weiter auszulassen.

„Ich bin in North Carolina geboren, genau wie ihr alle auch", sagte er.

„Miss Nanney hat gesagt, wir sollen Baseball spielen", sagte Horace Gentine. „Wolln wir spielen oder wolln wir quatschen?"

„Wie wärs mit ihr gegen uns?" schlug Jim vor. „Die Stadtjungs gegen die Bergjungs." Die beiden Mannschaften beäugten sich argwöhnisch. Keiner wußte, was er sagen sollte.

Schließlich nickte Penn. „Okay", sagte er.

Die Stadtjungs waren zuerst am Schlag und machten zwölf Punkte. Jim erreichte bei jedem seiner drei Schläge ein Mal. Larry Lawter, der nicht nur nicht sehr schnell laufen konnte, sondern auch ständig danebenschlug, machte alle drei Fehlerpunkte und verursachte den Wechsel. Sobald die Bergjungs am Schlag waren, erkannte Jim, daß die Stadtjungs alle Hände voll zu tun haben würden. Otis Shehan, Mackey MacDowell und Horace Gentine erreichten die drei Feldmale, bevor Penn sich am Schlagmal aufstellte und einen Ball über die Feldmitte schlug, der fast über den ganzen Schulhof rollte, ehe Buster Burnette ihn zu fassen bekam. Penn schaffte auch beim nächstenmal, als er am Schlag war, einen Homerun, diesmal indem er über das rechte Feld schlug und zwei Läufer von den Malen mit ins Ziel brachte. Jim, der den Werfer machte, schielte zwischendurch zu Miss Nanney hinüber, denn er hoffte, daß sie das Ende der Pause anzeigen würde, bevor die Bergjungs die gleiche Punktzahl erreichten wie seine Mannschaft. Aber sie stand seelenruhig im Schatten des Gebäudes und schien es nicht eilig zu haben, ins Klassenzimmer zurückzukehren.

Penn trat zum drittenmal aufs Schlagmal, seine Mannschaft hatte schon zwei Outs. Auf jedem der drei Male stand ein Läufer, und die Bergjungen waren nur noch drei Punkte im Rückstand. Jim sah zu Miss Nanney hinüber, die immer noch keine Anstalten machte, das Match zu beenden. Gleich bei Jims erstem Wurf schlug Penn den Ball weit und gerade über das linke Feld. Crawford, der hinten außen stand, jagte dem Ball hinterher. Jim lief ihm entgegen, um den Ballweg beim Rückwurf abzukürzen. Dennis lief zum Schlagmal, um es zu decken.

Jim fing Crawfords Wurf auf und drehte sich um, als Penn gerade über das dritte Mal lief. Er sah, daß Penn schneller wieder am Schlagmal sein würde als sein Ball. Er legte seine ganze Kraft in den Wurf und traf Penn genau in der Sekunde, als er das Mal erreichte, zwischen die Schulterblätter, so daß er zu Boden ging. Jim wußte bei bestem Willen nicht, ob er mit Absicht auf Penn gezielt hatte oder nicht.

Penn rappelte sich auf und drehte sich mit zornrotem Gesicht zu Jim um, die Fäuste geballt an den Seiten. Jim warf seinen Handschuh zu Boden und machte sich auf einen Zweikampf gefaßt.

Die Stadtjungs wie die Bergjungs starrten Jim ungläubig an. Sie warteten reglos darauf, was nun geschehen würde. Jim hatte noch nie jemanden wütender gesehen als Penn. Trotzdem kam Penn nicht weiter auf ihn zu. Auf der anderen Seite des Schulhofs hob Miss Nanney den Arm, um das Ende der Pause anzuzeigen.

„Das war fies", sagte Otis Shehan.

„Hast du das mit Absicht gemacht?" fragte Penn.

„Nein, aus Versehen“, sagte Jim. „Ehrlich.“

Penn öffnete die Fäuste. Er klopfte sich den Schmutz von der Latzhose.

„Bergjungs dreizehn, Stadtjungs zwölf“, sagte Jim um ein Lächeln bemüht. „Wir müssen rein.“

Er hob seinen Handschuh auf und wandte sich dem Schulgebäude zu. Auf dem Rückweg über den Schulhof blieb er allein. Nicht einmal die Stadtjungs wußten, was sie zu ihm sagen sollten.

Schulfest

In der Nacht vor dem großen Tag fand Jim nicht viel Schlaf. Was ihn wachhielt, war nicht die Vorstellung an sich, daß die neue Schule einen Tag der offenen Tür veranstaltete, sondern der kleine, auf dem Schulhof aufgebaute Jahrmarkt. Der ließ ihm keine Ruhe. Er war schon vor sieben Uhr aus dem Bett, angezogen und mit dem Frühstück fertig, obwohl es Samstag war. Er lief in einem fort zwischen der vorderen Veranda und der Küche hin und her und platzte schier vor Ungeduld. Er hatte Angst, daß Penn eher in der Schule eintreffen könnte als er; er hatte Angst, daß Penn als erster mit den Karussells fahren durfte.

In den drei Wochen seit dem Beginn des Schuljahres hatten Jim und Penn den Schulhof zu ihrer privaten Kampfarena gemacht. Sie rannten am Anfang der Pause um die Wette über den Schulhof, und rannten am Ende um die Wette zurück. Wenn Penn sich freiwillig zum Tafelwischen meldete, erbot sich Jim, die Tafelwischer auszuklopfen. Penn lernte mehr Bibelverse auswendig als Jim, aber Jim gewann den Rechtschreibewettbewerb. Als Miss Nanney der Klasse den Auftrag erteilte, Bilder aus Geschichten in der Bibel zu malen, mit denen sie die Wände zum Schulfest schmücken konnten, malten Jim und Penn beide ein Bild von David, wie er Goliath zu Boden streckt; als sie fertig waren, baten beide Miss Nanney zu entscheiden, welches das bessere war.

Von der Veranda konnte Jim das Karussell und das Riesenrad sehen. In der Küche sagte Onkel Zeno: „Nein, Doc, es ist noch zu früh, um loszugehen." Von der Veranda konnte er den hohen entrindeten Pappelstamm sehen, den man für das Wettklettern am eingefetteten Schlaraffenbaum in den Boden eingelassen hatte. In der Küche sagte Mama: „Jim, du machst mich wahnsinnig."

Das Schulfest wurde um zehn eröffnet, damit, daß Mr. Dunlap die Schule aufschloß. Mama schien es nicht zu kümmern, daß die Auffahrt zur Schule bereits von Autos und Lastern gesäumt war, daß von überallher die Leute schon scharenweise mit Lastwagen, Pferdewagen und zu Fuß anreisten, um das neue Gebäude zu sehen und sich auf dem Jahrmarkt zu vergnügen; es schien sie nicht zu kümmern, daß sie alle schattigen Plätze besetzen würden, wo man sein Picknick auf dem Boden ausbreiten konnte. Es schien sie vor allem nicht zu kümmern, daß Penn Carson sich wahrscheinlich eher als er in der Schlange vor dem Riesenrad anstellen würde.

Um acht Uhr wußte Jim nicht, wie er noch zwei Stunden überleben sollte.

Um halb neun hatte Onkel Zeno genug. Er schlug sich mit dem *Progressive Farmer*, in dem er zu lesen versucht hatte, auf den Oberschenkel.

„Komm mit, Doc", sagte er. „Wir machen einen Spaziergang."

„Ich will keinen Spaziergang machen", sagte Jim.

„Nach deinem Willen hat dich keiner gefragt", sagte Onkel Zeno.

Auf dem Weg über die Weiden und Felder schritt Onkel Zeno aus, als hätte er etwas Wichtiges vor und nicht, als ließe er es hinter sich. Jim folgte ihm in einem Abstand, der groß genug war, sein Mißfallen zu zeigen, aber nicht so groß, daß er Ärger bekam. Er bemühte sich, keine Freude daran zu empfinden, wie ihm die Morgensonne auf den Rücken schien; er versuchte, die frische Morgenluft in seinem Gesicht zu ignorieren.

Sie überquerten den Fluß an den Trittsteinen, liefen durch den Walnußhain und kamen zur großen Maisniederung. Der Mais, der den Onkeln und den Feldarbeitern im Juni bis an die Knie gereicht hatte, war jetzt sieben und acht Fuß hoch. Er war noch immer grün, aber an den Rändern der langen Blätter bildeten sich dünne, dunkelbraune Streifen, wie man sie an Strumpfbandnattern findet. Auf jedem Stengel saß ein buschiger Kopfschmuck; die Maiskolben waren schwer, aus jeder ihrer Spitzen sproß ein Büschel seidiger Narbenfäden hervor. Als Jim und Onkel Zeno durch das Feld liefen, wisperten die Blätter ihnen zu, daß der Herbst nicht mehr weit war.

Am anderen Ende der Niederung verließen sie das Maisfeld und traten in das langgezogene Waldgestrüpp ein, das den Verlauf des Flusses markierte. Sie folgten vorsichtig einem schmalen Pfad durch den Giftsumach. Mit jedem Schritt roch es mehr nach Fluß, gurgelte das Wasser, das sich den Weg zwischen den glatten, abgeflachten Steinen hindurch suchte, lauter. Der Pfad endete an dem breiten flachen Stein, von dem die Onkel gern angelten. Hinter dem Stein machte der Fluß unvermittelt einen Knick in Richtung South Carolina, als wollte er ihr Land für immer verlassen. Dies war für Jim die Stelle, an der seine Heimat endete; auf der anderen Flußseite lag die Fremde.

Onkel Zeno sprang vom Ufer auf den Stein. Jim sprang hinterher und setzte sich ans Wasser. Die Sonne hatte den Stein erwärmt, aber in der kühlen Luft am Wasser überlief ihn eine Gänsehaut. Jim starrte ins grüne Wasser; er legte sich auf den Rücken und starrte in den blauen Himmel. Er fragte sich, was wohl mittlerweile an der Schule los war. Er dachte neidisch nicht nur an Penn, sondern an alle, die eher als er dort eintreffen würden.

„Du hast heute Hummeln im Hintern, was, Doc?" sagte Onkel Zeno.

Jim gab keine Antwort. Wäre er jetzt beim Schulfest, wäre er der erste in der Schlange vor dem Riesenrad.

„Mach dir keine Sorgen", sagte Onkel Zeno. „Das Schulfest geht den ganzen Tag."

„Was glaubst du, wie viele Leute zum Schulfest kommen?" fragte Jim.

„Das weiß ich nicht", sagte Onkel Zeno. „Es ist gutes Wetter. Mehrere hundert, denk ich."

„Meinst du, es kommen mehr Leute als je auf einmal hier in Aliceville waren?"

„Hmm", machte Onkel Zeno. „Darüber hab ich mir noch keine Gedanken gemacht. Kann sein."

„Mehr als damals, wie Alice gekommen ist?" Alice war das kleine Mädchen, nach dem der Ort benannt worden war.

„Das weiß ich nicht. An dem Tag waren auch viele Leute hier. Das war auch ein großer Tag."

„Wie alt warst du, als Alice gekommen ist?"

„Fünf", sagte Onkel Zeno. „Bist du sicher, daß du die Geschichte noch einmal hören willst?"

Jim nickte, und zum erstenmal an diesem Morgen wanderten seine Gedanken vom Schulfest fort und richteten sich auf etwas anderes.

„Also, das war im letzten Jahrhundert", sagte Onkel Zeno mit einem verstohlenen Seitenblick zu Jim.

Er fing alle Geschichten, die sich zugetragen hatten, bevor er sieben wurde, mit dem Satz an: „Das war im letzten Jahrhundert."

„Corrie und Allie, die beiden Kleinen, waren noch nicht geboren, und deine Mutter auch nicht, und ich war der einzige Dreikäsehoch auf der Farm. Meinem Großvater (das ist dein Urgroßvater) und meinem Vater (dein Großvater, der 1918 an der Grippe gestorben ist) ging es ziemlich gut. Sie hatten eine große Farm, sie besaßen die Entkörnungsmaschine und den Laden und die Mühle, und die Geschäfte gingen gut, außerdem gab es hier damals eine Gerberei, wo viele Männer arbeiteten, und ein Sägewerk, und oben auf dem Hügel wohnte Abraham mit seiner Sippe, und alle fanden eigentlich, sie lebten in einer richtigen Stadt. Gleichzeitig wußten sie, daß es keine richtige Stadt war, weil die Eisenbahn durch nichts dazu zu bewegen war, hier eine Station einzurichten. Man konnte den Zug anhalten, indem man eine Flagge hißte, aber wenn die Flagge nicht gehißt war, fuhr er einfach durch, ohne auch nur abzubremsen. Und das war Großvater ein Dorn im Auge. Schließlich weiß alle Welt, daß ein Ort kein Recht hat, sich Stadt zu nennen, wenn er an der Eisenbahnstrecke liegt, aber der Zug nicht da hält.

Deshalb hat Großvater eines Tages eine Tasche gepackt und den Zug angehalten und ist nach Hamlet zum Eisenbahndirektor gefahren, um ihn zu bitten, die Eisenbahn bei uns halten zu lassen. Aber der Direktor, der hat gesagt: ‚Meine Eisenbahn hält nur in Städten. Ihr könnt die Eisenbahn bei Bedarf anhalten, wie alle andern auf dem Land.'

Da ist Großvater wieder nach Hause gefahren und hat genau am Mittelpunkt des Ortes eine dicke Eisenstange in den Boden getrieben, dann hat er einen Kreis mit einem Durchmesser von einer Meile um diesen Mittelpunkt geschlagen und hat alle, die innerhalb dieses Kreises Land besaßen, dazu überredet, einen Antrag zu unterschreiben. Mit dem Liegenschaftsplan und dem Antrag ist er dann in die Hauptstadt, nach Raleigh, gefahren und hat eine Gründungsurkunde beantragt. Mit der ist er dann wieder nach Hamlet gefahren und hat gesagt: ‚Sehen Sie her. Wir haben eine Stadt. Wir haben einen Liegenschaftsplan. Wir haben eine Gründungsurkunde.'

Aber der Bahndirektor hat gesagt: ‚Eure Urkunde könnt ihr euch an 'n Hut stecken. Ihr habt keinen Bahnhof, an dem die Eisenbahn halten kann.'

Also fährt Großvater, der allmählich einen ziemlichen Rochus auf den Direktor hat, nach Hause und baut von seinem eigenen Geld genau an der Stelle, wo er die Eisenstange in den Boden getrieben hatte, exakt im Zentrum des Ortes einen Bahnhof an die Eisenbahnschienen. Dann geht er zum dritten Mal zum Direktor und sagt: ‚Okay, ich hab für Sie eine Stadt gegründet. Ich hab für Sie einen Bahnhof gebaut. Wenn Sie den Zug halten lassen, schenk ich der Eisenbahn den Bahnhof.'

Wie du weißt, hieß Aliceville damals noch Sandy Bottom. So hatte es einfach von Anfang an geheißen. Also sagt der Direktor, der Großvater auch nicht gerade grün war: ‚Mir ist es egal, wie viele Bahnhöfe Sie mir schenken, in einem Ort, der Sandy Bottom heißt, hält meine Eisenbahn nicht.'

Großvater fährt also wieder nach Hause und denkt über die Sache nach und kommt zu dem Schluß, daß der Direktor diesmal vielleicht sogar recht hat. Sandy Bottom ist wirklich kein doller Name für eine Stadt. Also hat er überall herum gefragt, ob jemandem ein Name einfiel, aber niemandem fiel ein guter Name ein, jedenfalls keiner, der sich für eine Bahnstation eignete.

Der Lokführer auf unserer Strecke war damals ein Mann namens Bill McKinney. Er war nicht weit von hier aufgewachsen, nur ein kleines Stück weiter unten am andern Flußufer, und seine Verwandten wohnten noch da. Er war ein großer alter stattlicher Mann mit einem dicken gewichsten Schnurrbart, und er war stolz auf seinen Zug. Es gab nur eins, worauf er stolzer war als auf den Zug, und das war seine kleine Tochter Alice. Und alle Leute wußten das.

Von daher kam Großmutter (deine Urgroßmutter also) eines Sonntags in der Kirche auf die Idee, daß Großvater die ganze Zeit mit dem falschen Mann geredet hatte. Sie überlegte, daß sie vielleicht, anstatt den Mann zu bearbeiten, der für die Eisenbahn zuständig war – aber weit weg in Hamlet wohnte –, lieber den Mann bearbeiten sollten, der den Zug lenkte und jeden Tag einmal hier vorbeifuhr. Sie war diejenige, die sich den Namen Aliceville ausdachte.

Der Name gefiel Großvater prima, auch wenn er nicht selbst drauf gekommen war. Er brachte den Vorschlag unter die Leute, und auch alle anderen waren sich einig, daß Aliceville ein prima Name für eine Stadt wäre – denn alle hatten Bill McKinney gern –, auf alle Fälle aber besser als Sandy Bottom. Also malte Großvater ‚Aliceville' auf ein Schild und stieg auf eine Leiter und nagelte es von außen an die Bahnhofswand. Es ist dasselbe Schild, das noch heute da hängt.

Als Bill McKinney von seinen Verwandten hörte, was bei uns im Ort passiert war, glaubte er ihnen nicht. Bei seiner ersten Fahrt, nachdem Großvater das Schild aufgehängt hatte, hielt er an und kletterte aus dem Führerhaus, um es sich anzusehen. Und groß und stattlich wie er war, fehlte nicht viel, und er wäre bei dem Anblick in Tränen ausgebrochen, so sehr liebte er Alice. Er versprach Großvater, daß für ihn von nun an in Aliceville immer die Flagge gehißt sein würde, und daß er mit dem Zug jeden Tag anhalten würde, auf dem Hinweg und auf dem Rückweg, ganz egal, was der Direktor sagte.

So ging es dann eine ganze Zeitlang, der Zug hielt unvorschriftsmäßig zweimal am Tag, eins führte zum andern, und bald gab der Direktor nach und setzte Aliceville auf den amtlichen Fahrplan. Oh, war der Triumph da groß! Der ganze Ort tat sich zusammen und machte Pläne, um zu feiern, daß Aliceville jetzt offiziell eine Stadt war, genau wie Shelby oder New Carpenter oder Charlotte oder New York, und sie baten Bill McKinney, seine Alice mitzubringen.

Die Feier wurde auf einen Sonntag gelegt, und der Zug machte eine Sonderfahrt. Von überallher auf dem Land kamen Leute und brachten ihr Mittagessen mit und blieben den ganzen Tag. Es gab Maultierrennen und Wettläufe und Dreibeinwettläufe und Sackhüpfen und Schweinefangen mit eingefetteten Schweinen, und Wettklettern am Schlaraffenbaum – wobei ich kläglich versagte, weil ich zu klein war –, und irgendwann am Nachmittag hörten wir den Zug pfeifen und sahen den Rauch aus der Ferne näher kommen und alles rannte zum Bahnhof. Als der Zug in den Bahnhof einrollte und anhielt, war er über und über mit Fahnen und Wimpeln geschmückt, und oben aus dem Führerhaus winkte, mit ihrer Mama und ihrem Papa, Alice McKinney, das kleine Mädchen, nach dem sie die Stadt benannt hatten. Sie muß sechs oder sieben gewesen sein, wenig älter als ich.

Herrgott, Jim, ich kann sie noch genau vor mir sehen. Sie trug ein weißes Kleid und eine kleine Krone, und für mich war sie, wie sie da oben im Führerhaus stand und uns allen zuwinkte, das Schönste, was ich je gesehen hatte. Wir jubelten und jubelten. Großvater hatte das Aliceville-Schild am Bahnhofsgebäude mit einem Laken verhängt, und Alice stieg mit ihrer Mama und ihrem Papa von der Lokomotive und zog an einem Seil und das Laken fiel, und alles jubelte wieder. Ich war damals erst fünf Jahre alt, und für mich war das der größte Tag, den die Welt je gesehen hatte. Für mich war Alice McKinney wie eine Königin oder eine Prinzessin, wie ein Wesen aus einem Bilderbuch. Und ich konnte nicht glauben, daß ich da stand und sie vor mir sah. Alle waren so glücklich. Der Ort war wie verwandelt. Endlich hatten sie eine richtige Stadt.

Doch eines Tages, nicht lange nach dem Fest, kam der Zug, und im Führerhaus saß nicht Bill McKinney, sondern ein Ersatzmann. Und der Ersatzmann stieg aus und erzählte uns, daß Alice krank geworden war. Sie hatte Keuchhusten oder Diphterie. Ich weiß nicht mehr, welches von beiden. Und solange sie krank war, warteten täglich alle auf das Pfeifsignal, und wenn der Ersatzmann in den Bahnhof einfuhr, ließen sie alles stehen und liegen und liefen hin, um zu hören, wie es Alice ging. Und jeden Tag berichtete er uns, daß es ihr ein bißchen schlechter ging, daß es wieder ein Stückchen bergab gegangen war. Unsere Frauen fingen an Hähnchen zu braten und Kuchen und Pasteten zu backen und sie dem Ersatzmann für die McKinneys mitzugeben.

Dann kam ein Tag, da hörten wir die Pfeife schon weit vor der Stadt losgehen, lange bevor der Zug an den Bahnübergang kam, mit einem langen Dauerton, der lauter und lauter wurde und gar nicht wieder aufhörte, und alle rannten so schnell sie konnten an die Schienen, um zu sehen, was los war. Ich weiß noch, wie ich an Mamas Hand die Straße runterlief. Na, und an dem Tag hielt der Zug überhaupt nicht an. Als er vorbeifuhr, war er so schnell und war die Pfeife so laut, daß die Erde bebte. Ich hatte noch nie einen Zug so schnell fahren sehen. In der Sekunde, als er vorübersauste, konnten wir erkennen, daß Bill McKinney in der Lok saß. Er starrte stur geradeaus. Er sah weder nach rechts noch nach links, und er hatte einen schrecklichen Ausdruck im Gesicht, und da wußten wir, daß Alice gestorben war.

Das war das letzte Mal, daß wir Bill McKinney in der Gegend gesehen haben. Das Schild am Bahnhof tat ihm so weh, daß er in New Carpenter aus dem Zug stieg und sich weigerte, wieder einzusteigen. Sie mußten ganz aus Hamlet einen Mann schicken, der die Rückfahrt machte. Bill McKinney ist angeblich den ganzen weiten Weg nach Haus zu Fuß gelaufen, immer am andern Flußufer entlang, um ja nicht durch Aliceville zu müssen. Seine Frau und er haben ihre Siebensachen gepackt und sind weggezogen, und wir haben von seinen Verwandten gehört, daß er in Oklahoma oder so wieder als Lokführer gearbeitet hat, und falls er je wieder hier in der Gegend war, ist mir das jedenfalls nicht zu Ohren gekommen.

Die Sache ging allen hier ganz furchtbar an die Nieren, und die ganze Stadt war ratlos. Eine Zeitlang wurde überlegt, ob man die Stadt wieder in Sandy Bottom umnennen oder vielleicht einen anderen Namen finden sollte, aber das gefiel niemandem recht. Sie hatten Angst, Bill McKinney zu verletzen, indem sie den Namen änderten, und sie hatten Angst, dadurch Alice zu entehren, und das wollte niemand. Doch gleichzeitig schienen sie auch nichts gewonnen zu haben, indem sie den Namen nicht änderten, weil das Schild weiter alle daran erinnerte, was passiert war. Deshalb unternahm am Ende niemand was, und das Schild blieb am Bahnhof hängen, und nach einer Weile hörten die Leute auf, darüber nachzudenken. So sind die Leute nun mal.

Aber eins will ich dir sagen, Jim. Es kommt nicht gerade jeden Tag vor, auch nicht jede Woche, aber an manchen Tagen, wenn ich den Zug pfeifen höre, kommt mir plötzlich die Erinnerung an das Gefühl, wie es war, damals an dem Tag dazustehen und zu Alice emporzuschauen. Mittlerweile bin ich dreiundvierzig, und die Geschichte ist sieben-, achtunddreißig Jahre her, aber manchmal sehe ich sie wieder genauso deutlich vor mir wie damals."

Jim lag auf dem Stein und hatte einen Arm über das Gesicht gelegt, als störte ihn die Sonne.

„Na ja", sagte Onkel Zeno und stupste ihn ans Bein. „Das ist alles schon lange her."

Jim rieb sich mit den Handballen die Augen.

„Wie alt wäre Alice jetzt, wenn sie nicht gestorben wäre?" fragte er.

„Ich weiß nicht. Vierundvierzig, fünfundvierzig, nicht allzu alt, nur wenig älter als ich."

„Glaubst du, du hättest sie geheiratet?"

Onkel Zeno machte ein verdutztes Gesicht. „Was in aller Welt – was ist das denn für eine komische Frage?"

„Ich weiß nicht", sagte Jim. „Ich hab mich nur gerade gefragt, ob du Alice geheiratet hättest, wenn sie nicht gestorben wäre."

„Ich hab Alice doch gar nicht gekannt. Wie kommst du bloß auf die Idee?"

Jim zuckte die Achseln. „Ich wünsch mir jedesmal, wenn du die Geschichte erzählst, du hättest Alice heiraten können."

Onkel Zeno ließ den Blick irgendwo in die Ferne wandern und grinste.

„Ja, weißt du, Doc", sagte er. „Nur so unter uns: Das wünsch ich mir auch."

„Warum haben du und Onkel Coran und Onkel Al eigentlich nie geheiratet?"

„Das weiß ich nicht. Ich glaub, es passiert leicht, daß man zu sehr mit andern Dingen beschäftigt ist, wenn die Zeit zum Heiraten kommt, oder daß es nicht genug Mädchen gibt, daß für alle eins da ist. Ehe man sich versieht, ist man in seinem Trott gefangen und kommt nicht mehr raus. Am besten, man denkt nicht zuviel drüber nach. Was ist, sollen wir uns allmählich auf den Rückweg machen?"

Ein unerwarteter Gast

Als Jim mit Onkel Zeno durch die Hintertür ins Haus kam, merkte er sofort, daß irgend etwas nicht stimmte. Zuerst dachte er, sie wären zu lange ausgeblieben, doch als Mama Onkel Zeno ansah und dazu leicht die Stirn runzelte und seitlich in die Richtung von Onkel Als Haus nickte, wußte er, daß es nichts mit ihnen zu tun hatte.

Jim folgte Onkel Zeno auf die Veranda vorm Haus, wo Onkel Coran saß und sich mit einem Messer die Fingernägel reinigte. Onkel Coran machte einen langen abfallenden Pfeifton wie eine Bombe, die vom Himmel fällt, und deutete mit dem Kinn auf Onkel Als Haus. Dort auf der Veranda saß Onkel Al mit Whitey Whiteside. Onkel Al und Whitey Whiteside sahen zu ihnen herüber und winkten.

„Was ist los?" fragte Jim.

Ihm war, als würden gleich alle über einen Witz lachen, den er nicht verstand.

„Sieht aus, als ob Whitey Whiteside mit uns zum Schulfest will, sonst nichts", sagte Onkel Zeno. „Ist dir das recht?"

Jim wußte nicht, was er sagen sollte. Er zuckte die Achseln und sah zu, wie sich das Riesenrad oben auf dem Hügel drehte. Irgendwie war es ihm nicht mehr so dringend, damit zu fahren, obwohl er nicht hätte sagen können, warum.

„Na, dann man los", sagte Onkel Zeno.

Jim ging den Hügel zur Schule hinauf voran und schleppte den Pfirsichkorb mit ihrem Mittagsbrot. Bei jedem Schritt schlug ihm der Korb ans Bein wie eine Trommel. Hinter Jim ging Mama mit beiden Armen fest eingehakt zwischen Onkel Coran und Onkel Zeno. Etwa zehn Meter dahinter bildeten Onkel Al und Whitey

Whiteside die Nachhut. Onkel Al trug eine große Flasche voll Tee in der Armbeuge wie ein Baby.

„Was ich gern wissen möchte", sagte Mama mit leiser Stimme, „ist, wessen Idee das war!"

„Ich weiß nicht, wovon du redest", entgegnete Onkel Coran.

„Doch, du weißt genau, wovon ich rede, Coran McBride."

„Still jetzt", sagte Onkel Zeno.

Jim blickte über seine Schulter nach hinten und sah Mama an. Den Ausdruck in ihrem Gesicht kannte er nicht. Sie sah nicht richtig böse aus, aber sie sah auch nicht richtig aus, als wäre sie nicht böse.

„Ist was mit deiner Nase, Doc?" fragte Onkel Zeno.

„Nein, Sir", sagte Jim und drehte die Nase wieder so, daß sie den Hügel hinauf zeigte. Über ihnen ragte die rote Schule auf. Die Flügeltüren waren weit aufgesperrt; auf dem Schulhof wimmelte es von Menschen.

„Ich laß mich nicht zum Narren halten", sagte Mama. „Ich verbitte es mir, daß ihr euch gegen mich verbündet und mich in aller Öffentlichkeit bloßstellt."

„Ach, Cissy", sagte Onkel Coran sanft, „so ist es doch gar nicht."

„Wie denn sonst?" fragte Mama. „Sag mir das, Coran."

Jim drehte sich um und marschierte rückwärts den Hügel hinauf. Die Onkel machten finstere Gesichter. Whitey Whiteside wirkte verschreckt. Mama hatte feuchte Augen. Jim ging auf, daß Mama sauer war, weil Whitey Whiteside mit ihnen zum Schulfest ging. Und kaum hatte er sich zu fragen begonnen, was Mama dagegen haben konnte, daß Whitey Whiteside mitkam, schoben sich andere Fragen in seinen Kopf wie Züge in einen Bahnhof. Nur daß keine der Fragen Worte hatte, sondern nur leere Stellen, auf die wieder leere Stellen folgten, wo Antworten hätten sein sollen. Sie flitzten an ihm vorüber wie Nebelfetzen, wie Dinge, die er sehen konnte, ohne danach greifen zu können. Nach und nach bildete sich eine Riesenfrage in seiner Brust und blies sich mit Luft auf. Er machte den Mund auf, um etwas zu sagen, ohne recht zu wissen, was.

Doch noch bevor Jim die Worte kamen, kniff Onkel Zeno die Augen zusammen und deutete mit seinem freien Arm den Hügel hinan.

„Dreh dich mal lieber um und paß auf, wo du hingehst, Doc", sagte er.

„Seid jetzt still, ihr zwei", sagte er zu Mama und Onkel Coran. „Der Mais hat Ohren."

„Jim und ich haben uns hier oben schon mal umgesehen", sagte Whitey Whiteside, als sie den Schulhof erreichten. „Stimmt's, Jim?"

„Ach wirklich?" sagte Mama, ohne Whitey Whiteside anzusehen.

„An seinem Geburtstag", sagte Whitey. „Oder, Jim?"

Als Jim sich umsah, um eine Antwort zu geben, schien ihn niemand zu beachten. Whitey schluckte verlegen. Onkel Zeno nahm Jim den Korb mit dem Essen ab. Jim führte alle miteinander die breite Treppe hoch ins Gebäude, das schon jetzt, nach einem Monat, den Geruch nach Kreide und Büchern angenommen hatte, den es für alle Zeit behalten sollte. Auf dem Gang war es voll. Die Schule hatte immer noch keine Zimmerdecken bekommen, und die meisten Leute sahen erstaunt zu den dicken Balken empor, die das zweite Stockwerk trugen. Die nackten Balken boten einen unerwarteten, beunruhigenden Anblick, wie Knochen auf einem Acker. Die dicken Rohre der Dampfheizung verliefen in gerader Linie durch die Balken und hatten, wo sie um die Ecke gingen, unvermittelt spitze Knie. Zwischen den Dampfrohren schlängelten sich schwarze, an Porzellanisolatoren befestigte Kabel, bereit für den Tag, an dem der Strom kam. An diesen hingen die toten Lampen wie unbeleuchtete Monde. Über die Balken und Rohre und Kabel huschten undeutliche Schatten, wenn Leute über die Fußbodendielen im Obergeschoß liefen. Hier und dort ragte ein Fußbodennagel, der einen Balken verfehlt hatte, aggressiv aus einem langen Splitternest hervor. Als Jim mit Mama und den Onkeln emporsah, war es ihm peinlich, daß seine Schule keine Decken hatte, obgleich er das sonst nie so empfunden, ja nicht einmal wirklich beachtet hatte.

„Meine Güte", sagte Mama. „Hoffentlich wird das bald fertig."

„Sieht ganz passabel aus", sagte Onkel Coran, der angelegentlich den Fußboden studierte.

„Meine Klasse liegt da hinten", sagte Jim und deutete den gebohnerten Gang entlang.

Miss Nanney saß an ihrem Schreibtisch wie immer, in derselben makellosen Haltung wie immer. Jim sah sie an und überlegte, ob sie wohl jemals nach Hause ging.

„Hallo, Jim Glass", sagte sie streng und sah ihn über die Brille hinweg an, als hätten sie beide ein Geheimnis, daß sie sogleich zu verraten gedachte.

„Hey, Miss Nanney", sagte Jim, die Augen auf die Füße gesenkt.

Mama und die Onkel stellten sich Miss Nanney vor und schüttelten ihr die Hand.

„Und wer ist das?" fragte Miss Nanney mit einem Blick an Onkel Al vorbei auf Whitey Whiteside.

„Das ist Whitey Whiteside", sagte Onkel Zeno. „Ein Freund der Familie."

„Ein Freund meiner Brüder", sagte Mama.

„Aha", sagte Miss Nanney.

„Ich reise für Governor Feeds", sagte Whitey Whiteside ein bißchen zu laut.

Onkel Coran fuhr Jim durchs Haar.

„Miss Nanney", sagte er, „erzählen Sie uns was über diesen Dummrian hier."

Onkel Coran war Jim noch nie durchs Haar gefahren. Jim verzog das Gesicht.

„Jim Glass", sagte Miss Nanney und legte eine dramatische Pause ein, „ist ein ziemlich braver Junge. Von Zeit zu Zeit bin ich allerdings versucht, ihm die Ohren langzuziehen."

„Ziehn Sie sie lang, wenn es nötig ist", sagte Onkel Zeno.

„Ziehn Sie ihm beide lang“, sagte Onkel Al.

„Ziehn Sie sie tüchtig lang“, sagte Onkel Coran.

„Aber im großen und ganzen ist er ein guter Staatsbürger.“

„Gute Staatsbürger braucht das Land“, sagte Whitey Whiteside. Dann wurde er rot, entschuldigte sich und verließ das Klassenzimmer.

„Wer war das noch mal?“ fragte Miss Nanney.

„Ein Freund von uns“, sagte Onkel Al.

„Ein Handlungsreisender“, sagte Mama.

„Miss Nanney“, sagte Onkel Zeno, „es hat uns gefreut, Sie kennenzulernen.“

Verwirrt sah Miss Nanney von einem Gesicht zum andern, um aus ihnen vielleicht ablesen zu können, was ihr entgangen war. Sie erhob sich wackelnd wie ein plumper Vogel.

„Oh“, sagte sie. „Gleichfalls. Die Freude ist ganz meinerseits.“

Neuigkeiten vom Berg

Nach dem Picknick wurde es Jim langweilig, Riesenrad zu fahren und die Onkel mit anderen Männern über die Politik und das Wetter und die Ernte und über Hunde reden zu hören; es wurde ihm langweilig, Jungen zu jagen, die kleiner waren als er, und vor Jungen wegzulaufen, die größer waren als er; es wurde ihm langweilig, so zu tun, als schneide er nicht auf, wenn er merkte, daß ihm Mädchen zusahen.

Er ging die Seitentreppe hinauf ins Schulgebäude, wo es kühl und leer und still war, und ließ den Lärm und die Aufregung des Schulfests draußen. Der gebohnerte Fußboden glänzte im Licht der niedrigstehenden Sonne in seinem Rücken; sein Schatten war beinahe so lang wie der Korridor. Er schlenderte in Miss Nanneys Klassenzimmer und fand es zu seiner Überraschung leer vor. Anscheinend wohnte Miss Nanney doch nicht dort. Er ging an die hohen offenen Fenster und sah auf die Häuser seiner Onkel am Fuß des Hügels hinunter, auf den Bahnhof, den Laden und den Entkörnungsschuppen, auf das Hotel, in dem Whitey Whiteside wohnte. Er fühlte sich glücklich und zufrieden und müde. Ihm war ein wenig traurig ums Herz, aber es war keine unangenehme Traurigkeit. Die Sonne war warm, die Brise lau, der Himmel blau, und er hätte ewig so am Fenster stehen und den Hügel hinunter gucken können, ohne an etwas Bestimmtes zu denken.

Doch er hörte Schritte an der Tür, und als er sich umdrehte, kam Penn Carson mit seinem Vater in die Klasse. Radford Carson war deutlich kleiner als seine Onkel, aber er war kräftiger gebaut. Er hatte oben auf dem Kopf eine blanke Glatze und trotzdem einen dicken schwarzen Vollbart, der ihm halb bis über die Brust reichte. Er trug ein frisch gestärktes weißes Hemd und eine knallrote Krawatte und hatte einen feschen Filzhut in der Hand. Abgesehen vom Bart sah er nicht aus wie einer vom Berg, sondern wie ein Mann mit dem Schneid, der nötig war, um sich eine Lehrerin und Missionarin wie Penns Mutter zur Frau zu nehmen.

„Papa", sagte Penn, „das ist Jim Glass." Penn sagte es in einem Ton, der Jim den Eindruck gab, sie mußten schon über ihn geredet haben.

Mr. Carson kam mit selbstsicheren, fast stolzen Schritten durch das Klassenzimmer auf Jim zu und blickte ihn aus schwarzen Augen an, die Jim angst gemacht hätten, wenn er nicht tief in dem wilden Bart verborgen die Andeutung eines Lächelns erkannt hätte.

„Jim Glass", sagte Mr. Carson. „Ich hab deinen Papa gekannt."

Jim klopfte das Herz schneller. „Sie haben meinen Papa gekannt?"

„Er war mein Freund. Wir sind zusammen groß geworden. Wir haben zusammen gejagt und geangelt und gebadet und sind zusammen durch den Wald gestreunt und haben Streiche ausgeheckt."

Ohne es zu merken, trat Jim näher an Mr. Carson heran. Er hatte sämtliche Geschichten, die seine Mutter und die Onkel über seinen Vater zu erzählen hatten, so oft gehört, daß das Bild seines Vaters mit den Jahren blasser geworden war. So als wäre jede Geschichte ein Lieblingshemd gewesen, das so oft getragen und gewaschen und an der Sonne getrocknet war, daß sich der Stoff zwar weich und glatt und angenehm auf der Haut trug, die Farbe aber so ausgeblichen, daß sie nur noch ein Schatten der ursprünglichen Farbe war. Doch jetzt, da Mr. Carson Geschichten kannte, die Jim noch nicht gehört hatte, spürte er seinen Vater plötzlich wieder einmal ganz nahe, als wäre er gerade aus dem Zimmer gegangen, bevor Jim hereinkam.

„Und deinen Großvater kenne ich auch", sagte Mr. Carson. „Obwohl er, wenn das, was mir zu Ohren kommt, stimmt, nicht mehr lange unter uns weilen wird."

„Ist er krank?" fragte Jim.

„Krank ist er, soweit ich weiß, seit Jahren", sagte Mr. Carson. „Aber er ist steinalt. Mag sein, daß er noch nicht ganz hundert ist, aber weit hin hat er nicht mehr."

„Ach so", sagte Jim, weil er nicht wußte, was er sonst sagen sollte.

In den Geschichten seiner Mutter war Amos Glass stets der Bösewicht, doch trotzdem wollte Jim mit einemmal – ohne daß er wußte, warum – nicht, daß sein Großvater starb.

„Amos Glass ist ein sturer alter Bock", sagte Mr. Carson. „Er war immer hart gegen deinen Papa, besonders als er nach der Zeit im Gefängnis wieder auf den Berg kam. Aber er war auch hart gegen deine Großmutter. Nach ihrem Tod meinten viele Leute, sie wäre bloß gestorben, um nicht mehr mit ihm zusammenleben zu müssen, und ich denke, da könnte was dran sein."

Jim nickte. Seine Sorge um den kranken alten Mann auf dem Berg wich wieder dem Mitgefühl für die beiden Menschen, die er aus den Geschichten seiner Mutter am besten kannte – sein Vater als Kind, ein braver christlicher Junge, der mit seiner schönen, kränkelnden Mutter, Amanda Gentine Glass, oben auf dem Berg betend, mit Zittern und Zagen wartete, als Amos Glass nach seiner Entlassung aus dem Gefängnis herannahte wie eine finstere Wolke.

„Jim Glass", sagte Mr. Carson noch einmal und sah Jim unverwandt an. „Du kommst nach deinem Papa."

„Wie war mein Papa?" fragte Jim.

„Er war ein prima Kerl. Was er sich vorgenommen hat, das hat er auch getan. Und sich behauptet, wenn es sein mußte. Auf ihn konnte man sich immer verlassen."

„War er ein guter Baseballspieler?"

„Er war ein ganz passabler Baseballspieler, aber er hatte nicht viel Zeit zum Spielen. Als Amos im Gefängnis war, mußte er den ganzen Tag arbeiten, damit er und seine Mama nicht verhungerten. Und als Amos aus dem Gefängnis kam, hat der ihn an der kurzen Leine gehalten."

„War er ein guter Angler?"

„Da sagst du was", sagte Mr. Carson. „Das war Jim Glass nun wirklich. Er war ein guter Angler. Und ein guter Jäger. Es gab Zeiten, da hatten seine Mama und er nichts zu essen außer dem, was er in seinen Fallen fangen und was er schießen konnte. Ja, ein guter Schütze war er auch. Er war mit der beste Schütze, den ich je gekannt hab."

„Erzähl ihm von dem Mal, als du mit ihm Eichhörnchen gejagt hast", sagte Penn.

Jim starrte Penn ungläubig an. Penn kannte Geschichten über seinen Vater, die er nicht kannte.

Mr. Carson hängte seinen Hut an eine Stuhllehne und lehnte sich an die Fensterbank. Er zog an seinem Bart, als wollte er mit der Bewegung eine Tür öffnen, die seine Gedanken herausließ.

„Einmal, das war gleich nachdem der alte Amos aus dem Staatsgefängnis in Atlanta wieder auf den Berg gekommen war, da waren dein Papa und ich im Wald auf Eichhörnchenjagd und sind dabei ganz zufällig an die Stelle geraten, wo Amos seine Destille hatte. Amos hatte nämlich als erstes, nachdem er aus Atlanta zurückkam, wieder angefangen Schnaps zu brennen. Dein Papa und ich, wir rochen die köchelnde Maische, und als uns klar wurde, wo wir waren, schlichen wir uns durch den Lorbeer näher heran, bis wir von oben zugucken konnten, wie der alte Amos da unten arbeitete. Seine Destille lag unter einem kleinen Überhang am Bach, und er war gerade dabei, eine neue Fuhre anzusetzen. Wir beobachteten ihn ein paar Minuten und auf einmal sagt dein Papa ‚paß mal auf' und legt sein Gewehr an – wir hatten beide ein .22er – und zielt auf die Höhle. Ich dachte, er hätte beschlossen, Amos zu erschießen, und ich kann nicht behaupten, daß ich es ihm übelnahm. Aber er zielte nicht auf ihn, sondern auf den Kessel. Dein Papa hat nie getrunken, für ihn war Trinken Sünde. Er zielt also sorgfältig, dann drückt er ab, und siehe da, er schießt ein Loch in den Kessel und die Maische fängt an auszulaufen. Und ehe ich mich versehe, hat Amos sein Gewehr hochgerissen – er hatte ein .30-30er – und schießt in den Lorbeer, wo wir hocken. Nun, mein Sohn, ich will dir was sagen, wir haben gemacht, daß wir wegkamen. Wir hatten keine Angst, daß er uns einholen könnte – er war damals schon fünfundsiebzig oder achtzig –, aber er hätte uns umlegen können, das ist sicher.

Als wir weit genug weg waren und keine Angst mehr hatten, daß er uns erwischen oder erspähen könnte, hat dein Papa gesagt: ‚Rad, gib mir eine Patrone. Er wird meine zählen.' Und ich hab gesagt: ‚Jim, du bist verrückt. Der zählt doch deine Patronen nicht.' Aber er hat gesagt: ‚Ich bin nicht verrückt. Der Alte wird meine Patronen zählen, und wenn eine zuwenig da ist, bringt er mich um.' Da hab ich ihm eine Patrone gegeben, und wir sind nach Hause gegangen. Und siehe da, abends kam Amos mit einer Laterne auf den Speicher, wo Jim schlief, und hielt ihm eine Pistole unters Kinn und sagte: ‚Junge, gib mir deine Patronen', genau wie Jim sich das gedacht hatte. Amos wußte, daß Jim eine neue Patronenschachtel gehabt hatte, also fünfzig Stück, und er wußte, daß Jim vier Eichhörnchen mit nach Hause gebracht hatte, und er wußte auch, daß Jim ein guter Schütze war und keine Munition verschwendete. Amos schüttete die Patronen auf das Bett und hielt deinem Papa die ganze Zeit die Pistole unters Kinn, während er sie zählte. Aber als er sie gezählt hatte und es sechsundvierzig waren, wie es sich gehörte, da hat der alte Amos seine Laterne und seine Pistole genommen und ist die Treppe wieder runtergegangen und hat nie wieder ein Wort über die Sache gesagt."

Ein kleiner Sieg

Von seinem Platz in der Schlange mit den restlichen Viertkläßlern konnte Jim mühelos den nagelneuen Dollarschein erkennen, der oben an die Spitze des Schlaraffenbaums geheftet war. Das Geld war für den Jungen bestimmt, der hoch genug hinaufklettern konnte, um ihn zu erreichen, was angesichts des glatten, mit Fett eingeschmierten Holzes nahezu unmöglich war. Eine wachsende Menschenmenge drängte sich dicht um den Kletterpfahl und feuerte laut einen Jungen nach dem andern an, der dem Geldschein entgegenstrebte. Doch trotz der Unterstützung durch die Menge war es keinem einzigen der kleineren Jungen aus der ersten und zweiten Klasse gelungen, mehr als einen halben Meter Höhe über dem Boden zu gewinnen.

Jim wollte den Dollar haben, aber er war nicht mehr so darauf versessen, ihn zu erringen, wie noch vor wenigen Stunden. Mr. Carsons Geschichte drehte sich noch bunt in seinem Kopf. In der Ferne über den Köpfen der Menge konnte er den Lynn's Mountain blau aufragen sehen. Dort auf dem Berg lebte Amos Glass wie eh und je. Diese schlichte Tatsache verlieh Mr. Carsons Geschichte die Unmittelbarkeit eines Traumes, der sich mit seiner ganzen Befremdlichkeit für einen Augenblick in die wache Tagwelt geschlichen hatte. Jim dachte: *Mein Papa war kein Angsthase.* Und: *Mein Papa hat Amos Glass überlistet.* Und weil Amos Glass auch heute noch an einem Ort lebte, den er sehen konnte, fiel es Jim leicht, sich seinen Vater dort oben vorzustellen, wie er vielleicht mit einer Schrotflinte durch den Wald streifte oder in einem klaren Bach angelte. Und diese Bilder weckten eine Sehnsucht, die ihm in den Beinen prickelte. Er fragte sich, ob sein Vater, wenn er vom Berg oben zu Tal blickte, wohl Aliceville sehen konnte – die rote Schule auf dem Hügel, die auf dem Schulhof versammelte Menschenmenge, die Schlange der Jungen, die darauf warteten, an dem Schlaraffenbaum emporzuklettern, und den einen Jungen in der Schlange, der zum Berg hinaufstarrte und sich nichts sehnlicher wünschte, als ihn einmal zu sehen.

Penn, der vor Jim in der Schlange stand, drehte sich um.

„Ich glaub, einer von uns beiden kriegt den Dollar", sagte er. „Wir sind die ersten Großen."

„Kann gut sein", sagte Jim. „Hast du meinen Großvater schon mal gesehen?"

Penn nickte. „Er hat immer draußen auf der Veranda gesessen, bis er krank wurde."

„Wie sieht er aus?"

Penn zuckte die Achseln. „Er ist steinalt."

„Hast du ihn häufig gesehen?"

„Schon. Sein Haus ist ganz bei uns in der Nähe."

„Du hast sein Haus gesehen?"

„Jo."

In Jims Kopf war das Haus von Amos Glass ein historischer Ort, wie Fort Sumter oder Gettysburg.

„Da ist mein Vater aufgewachsen", sagte Jim. „In dem Haus hat mein Papa gelebt, bis er hier nach Aliceville gekommen ist."

„Ich weiß."

Penn wandte sich wieder dem Schlaraffenbaum zu – er war als einer der nächsten an der Reihe –, doch dann drehte er sich noch einmal zu Jim um.

„Ja, dann wohl viel Glück", sagte er.

„Dir auch", entgegnete Jim.

Als Penn an der Reihe war, nahm er einen Anlauf und sprang so hoch er konnte an den Kletterpfahl, so daß er ein kostbares Stück Höhe gewann. Keiner der Jungen vor ihm war auf die Idee gekommen, es mit dieser Taktik zu versuchen. Er begann unverzüglich wieder abwärts zu rutschen. Er umklammerte den Pfahl fest mit beiden Armen und preßte die harten Kanten seiner Schuhsohlen ans Holz. Als er trotzdem weiter rutschte, biß er die Zähne zusammen, daß es knirschte, und legte sich wie ein Wilder ins Zeug. Er drückte sich ein ums andere Mal flink mit den Füßen ab und zog sich mit den Armen hoch, bis es ihm – alle sahen es – schließlich gelang, nicht mehr weiter abzurutschen und ein paar kostbare Sekunden lang tatsächlich ein paar Zentimeter Höhe zu gewinnen. Die Menge schrie heiser auf.

Über den Lärm hinweg hörte Jim Mr. Carson brüllen: „Los, *Penn*! Hau rein, *Penn*!"

Penn kämpfte sich wieder zu der Höhe empor, die er mit seinem Sprung erreicht hatte, und dann noch ein kleines Stück weiter. Er trat und schlug auf den Pfahl ein, fand für den Bruchteil einer Sekunde mit den Füßen und anschließend mit den Armen Halt und rutschte dann wieder ab. Sein Gesicht wurde dunkelrot und nahm einen wütenden, fast beängstigenden Ausdruck an; Jim konnte Penn ansehen, daß er fest entschlossen war, den Boden nicht eher wieder zu berühren, bis der Dollar in seinen Besitz übergegangen wäre.

Doch nach einer Weile half die Entschlossenheit nicht mehr, Penns Kraft erlahmte, und er wurde langsamer. Er verlor ein wenig von der Höhe, die er bereits gewonnen hatte, verdoppelte seine Anstrengung noch einmal, erklomm sie abermals und verlor noch ein Stückchen mehr. Auch als er tiefer und tiefer rutschte, wich die Entschlossenheit nicht aus seinem Gesicht. Jim konnte erkennen, daß er nicht aufgab. Doch schließlich waren seine Füße, obwohl er die Knie so hoch angezogen hatte, daß sie sich förmlich in seine Brust preßten, nur noch wenige Zentimeter über dem Boden. Selbst da kämpfte Penn noch mit seiner letzten verbleibenden Kraft weiter gegen den glitschig fettigen Pfahl an. Jim ging innerlich so mit, daß er fast in den Chor der Anfeuerungsrufe für seinen Rivalen eingestimmt hätte.

Als Penns Füße den Boden berührten, ließ er sich erschöpft auf den Rücken fallen und blieb mit geschlossenen Augen liegen. Seine Haare waren schweißnaß, und sein Atem ging keuchend und abgehackt. Die Innenseiten seiner Arme waren roh und abgeschabt, und seine Latzhose starrte vor Baumschmiere. Mr. Carson trat aus der Menge heraus und half Penn auf die Füße. Als er mit ihm davonging, applaudierten alle hochachtungsvoll.

„Guter Versuch, Penn“, sagte Jim, als Penn an ihm vorüberging.

Penn nickte, ohne aufzublicken.

Die Menge wurde einen Augenblick still, aber als Onkel Coran laut rief: „Zeigs ihnen, Jim!“, fingen alle an, seinen Namen zu brüllen.

Jim sah den Schlaraffenbaum an, und er schien ihm auf einmal so hoch und unbezwingbar wie Jacks Bohnenranke. Er spürte, wie sein Herz kalt in der Brust flatterte, ein kleines, an der Wäscheleine steifgefrorenes Hemd im Winterwind. Ihm wurde schlagartig klar, daß er es nicht schaffen würde, bis oben zu klettern, aber er wußte nicht, wie er sich noch davor drücken konnte, es zu versuchen. Da hörte er, wie sich Onkel Zenos Stimme über den Lärm der Menge erhob und ihn aufforderte: „Los jetzt, Doc. Du kannst es!“ Sein Kopf war hohl, und er fühlte sich schwach, aber seine Füße begannen ohne seinen Willen langsam auf den Kletterpfahl zuzugehen. Dann riß die Hemmung, die ihn zurückgehalten hatte, mit einem Ruck in seiner Brust, und er rannte mit voller Kraft los, als hebe er zum Sprung aus einem Heuschober an oder von einem hohen Felsen in den Fluß.

Er sprang genauso an den Pfahl, wie Penn es vorgemacht hatte, und landete so hart, daß er sich beide Schienbeine aufschürfte und nach Luft ringen mußte. Sofort spürte er, wie er gen Boden zu rutschen begann. Er preßte den Stamm mit den Armen so fest er konnte an sich, strampelte mit den Beinen, grub die Absätze seiner Schuhe ins Holz. Und hörte zu rutschen auf. Da verlagerte er sein Gewicht auf beide Füße und schob sich hoch. Zu seiner Überraschung konnte er sich fast ganz aufrichten, bevor seine Füße wieder rutschten. Er klemmte sich den Pfahl fest an die Brust und zog die Beine unter sich nach. Als er sich mit den Beinen abdrückte, schob er sich abermals ein Stück den Pfahl hinauf. Der Pfahl war immer noch glitschig, und er war nicht leicht zu erklimmen, aber Jim wußte plötzlich, daß er es schaffen konnte.

Nach wenigen Momenten zog er an der Höhe vorbei, die Penn erreicht hatte, und kletterte weiter. Zur Spitze hin wurde der

Pfahl glitschiger, aber auch dünner, so daß er die Beine zweimal herumwickeln konnte und noch weniger rutschte. Weil der Pfahl so glitschig war, kam er mit jedem Beinstoß nur ein winziges Stück höher, aber er kam stetig voran. Jim blickte nach oben und sah den Dollar näher und näher über sich. Er blickte nach unten und sah den Boden erstaunlich weit unter sich. Sein Herz klopfte vor Freude schneller, denn jetzt wußte er, daß er den Sieg davontragen würde.

Schließlich streckte er den Arm nach oben aus und pflückte den Dollarschein fast elegant von der Heftzwecke, mit der er am Schlaraffenbaum festgemacht war. Er schob ihn in die Hosentasche. Er hakte einen Arm über die Spitze des Baums und ließ seinen Blick über die Menge schweifen, um Mama oder die Onkel zu finden. Sein Name schallte ihm laut entgegen, doch als er in die Gesichter schaute, die zu ihm emporriefen, sah er darunter niemanden, den er kannte. Später pflegte Onkel Zeno zu sagen, Jim habe da oben ausgesehen wie ein Opossum, das im Baum von einem Ast grinst. Noch viel später pflegte Jim darauf zu entgegnen, daß er sich angesichts der johlenden Menschenmasse unten um den Pfahl auch wie eines gefühlt habe.

Der einzige, den Jim von oben erkannte, war Penn. Und zu seiner Überraschung stellte er fest, daß Penn lachte und klatschte, als freute er sich, daß Jim und nicht er es geschafft hatte, den Schlaraffenbaum zu erklimmen und den Preis zu erringen. Penn winkte Jim zu, und einen Herzschlag lang tat es Jim leid, daß er das Geld gewonnen hatte. Er rutschte mit dem Preis in der Tasche am Pfahl hinunter, und unten standen Mama und die Onkel und erwarteten ihn. Die Onkel klopften ihm so kräftig auf den Rücken, daß es fast weh tat.

„Oh, Jim", sagte Mama, „dein Papa wäre so stolz auf dich gewesen."

Onkel Al ergriff ihn mit beiden Armen und setzte ihn sich auf die Schultern. Wo er auch hinschaute, lachten ihm Leute entgegen und applaudierten. Er fühlte sich wie der König der Welt. Er klopfte sich auf die Tasche, um zu fühlen, ob der Dollar noch da war.

Jim ging rückwärts den Hügel hinunter und hielt den Dollar mit beiden Händen über den Kopf, damit Mama und die Onkel ihn besser sehen konnten.

„Bist ziemlich stolz auf dich, was, Junge?" sagte Onkel Coran.

Jim sang: „Ich hab einen Dollar. Ich hab einen Dollar."

„Ist gut, Doc", sagte Onkel Zeno. Die Onkel mochten keine Prahlerei.

Jim sang weiter. „Ich hab Penn Carson geschlagen. Ich hab Penn Carson geschlagen."

„Jim ...", sagte Mama warnend.

„Stimmt doch", sagte Jim. „Ich hab den Hinterwälder geschlagen."

„Jim!" sagte Mama.

Sie und die Onkel blieben stehen und sahen Jim traurig an. Onkel Zeno ging auf ein Knie und sagte: „Komm mal her, Doc."

Jim nahm die Arme herunter und schob den Dollar wieder in die Tasche. Er ging auf Onkel Zeno zu, und der packte ihn bei den Schultern und sah ihm in die Augen.

„Du hast recht", sagte Onkel Zeno. „Du hast Penn Carson geschlagen. Aber weißt du auch, warum?"

Jim schüttelte den Kopf.

„Du hast gewonnen, weil er den größten Teil der Schmiere von dem Schlaraffenbaum vorne an seiner Latzhose hatte. Dadurch war er für dich nicht mehr so glitschig. Du hast mit seiner Hilfe gewonnen."

„Keiner schafft je irgendwas ganz alleine", sagte Onkel Al.

„Ja, das ist wahr", sagte Onkel Coran.

„Denk bloß mal, wie wir dasäßen, wenn wir die Onkel nicht hätten", sagte Mama. „Wir wären arm wie die Kirchenmäuse."

„Hast du das verstanden?" fragte Onkel Zeno.

Jim nickte.

Onkel Zeno drehte ihn um und gab ihm einen leichten Klaps auf den Hintern.

„Na, dann wolln wir mal nach Haus."

Als Jim seine Schritte nun abermals bergab lenkte, schämte

sich ein Teil von ihm seiner Prahlerei und seiner Mißgunst gegen Penn, denn er gestand sich jetzt ein, daß er auf ihn neidisch war. Doch in einem anderen Teil von ihm war die Erinnerung an seinen Sieg über Penn zu frisch. Jedesmal wenn er daran dachte, wie er von der Spitze des Schlaraffenbaums in die Runde hinabgeblickt hatte, während die Menge seinen Namen brüllte, brachte die Erinnerung an seinen Triumph sein Blut erneut in Wallung. Während er den Hügel hinunterging, stritten die beiden Teile miteinander. Die eine Seite wollte ein Junge sein, wie ihn seine Onkel schätzten, die andere Seite sang lautlos vor sich hin: *Ich hab einen Dollar. Ich hab einen Dollar.*

King

Zuerst überholten Jim und Onkel Zeno Abrahams uralte Klapperkiste, die in Richtung New Carpenter die Landstraße entlangtuckerte. Als sie vorübersausten, winkte Abraham aus dem Fenster. Danach kamen sie an den Sträflingen vorbei: zwei hagere weiße, von der Sonne zu einem erdigen Braun verbrannte Männer, die sich ihre Hemden wie Turbane ums Haupt gewunden hatten. Sie arbeiteten mit langen Locheisen am Straßenrand. Die Sträflinge waren an den Fußgelenken aneinandergekettet, aber das erkannte Jim erst im letzten Moment, ehe der Laster vorbei war, als einer der Sträflinge, just da er die Kette erblickte, aufsah und ihm für die Dauer eines langen Herzschlags in die Augen schaute. Als Jim sich rasch auf dem Sitz wieder nach vorn drehte und im Rückspiegel beobachtete, wie die beiden Sträflinge und der sie bewachende Aufseher kleiner wurden, verspürte er eine wohlige Angst. Ein wenig sorgte er sich auch, daß die Sträflinge, die sich mit jedem Loch, das sie aushoben, Aliceville weiter näherten, nur aneinander gekettet waren und sonst an nichts.

Nachdem sie an den Sträflingen vorbei waren, fuhren sie eine Zeitlang in regelmäßigen Abständen an den kegelförmigen Erdhaufen vorüber, die anzeigten, wo die Sträflinge ihre Löcher gegraben hatten. Eines Tages würde in jedem Loch ein langer schwarzer Mast stehen; von Mast zu Mast würden die Leitungen verlaufen, die den Strom nach Aliceville brachten. Die Sträflinge, denen Onkel Zeno die Spitznamen Coran und Al gegeben hatte, gruben schon den ganzen Sommer Löcher, obwohl bis jetzt noch aus keinem einzigen Loch ein Mast gewachsen war.

Es war ein Samstag, ein so strahlender, warmer Altweibersommertag, daß Jim Lust hatte, sich wie eine Katze im Gras zu wälzen und zu rekeln. Er war mit Onkel Zeno unterwegs nach New Carpenter, und sie hatten an beiden Seiten die Fenster heruntergekurbelt. Jenseits der Felder waren die Bäume golden und gelb und orange verfärbt, so daß sie für Jim – wenn er die Augen weit genug zusammenkniff – zu einem Feuer auf einer Prärie im wilden Westen wurden. Onkel Zeno war wie üblich mit einem Mann verabredet, der einen Hund zu verkaufen hatte. Jim hatte Onkel Zeno versprochen, daß er ihm helfen würde, den Hund in den Laster zu laden.

Drei Meilen vor New Carpenter fuhren sie über eine kleine Erhöhung in der Straße und erblickten in der Ferne zum erstenmal eine lange Reihe schwarzer Leitungsmasten. Wie Riesen wankten sie auf sie zu, die Querbalken, über die die Leitungen verlaufen würden, seitlich ausgestreckt wie kurze steife Arme.

„Na, sieh mal einer an", sagte Onkel Zeno. „Was haben wir denn da?"

Er trat auf die Bremse und stellte den Laster am Straßenrand an einem Erdhaufen neben dem letzten leeren Loch vor der neuen Mastenreihe ab. Jim und er stiegen beide aus und liefen vor den Laster, um sich die Sache anzusehen. Auf Jim wirkten die Masten lebendig, durch ihre große, dürre Höhe ein wenig bedrohlich, als stünden sie nur still, weil sie sich von ihm beobachtet fühlten. Er stellte fast, daß er, indem er den Kopf auf eine Seite legte, alle Masten hinter dem nächstliegenden verschwinden lassen konnte und, indem er sich schnell erst weit zu einer Seite neigte und dann zur anderen, die ganze Reihe wedeln lassen konnte wie einen Schwanz. Er beendete das Spiel, als er hinter ihnen auf der Landstraße Abrahams Laster herantuckern hörte. Er wollte nicht, daß Abraham ihn bei einer solchen Kinderei ertappte. Abraham hielt neben Onkel Zeno an, ohne die Fahrbahn zu verlassen.

„Mr. McBride?" rief er laut, um seinen rasselnden Laster zu übertönen. „Ham Sie ne Panne? Brauchn Sie Hilfe?"

„Nein danke, Abe!" schrie Onkel Zeno zur Antwort und zeigte auf die Leitungsmasten. „Wir gucken nur mal."

Abraham nickte, winkte und fuhr davon. Er hatte zwei Scheffel Äpfel auf der Ladefläche. Jim ärgerte sich ein wenig, daß Abraham nun schon vor ihm und Onkel Zeno in New Carpenter sein würde. Er nahm es Abraham insgeheim immer noch übel, daß er an seinem Geburtstag die gute Hacke genommen hatte.

„Ich vermute, nächste Woche kommt hier ein Mast rein", sagte Onkel Zeno und schob das alte Stück Bauholz, mit dem das Loch zugedeckt war, mit der Fußspitze beiseite. „Wolln doch mal sehen, ob die Knastbrüder gute Arbeit leisten."

Er bückte sich und klappte das Brett vom Loch. Das Loch war so tief und finster, daß Jims Augen einen Moment brauchten, bis sie sich an die Dunkelheit gewöhnt hatten und er den Boden sehen konnte.

„Dies ist ein gutes Loch", verkündete Onkel Zeno. „Es ist unten genausobreit wie oben. Ein fauler Mann gräbt Mastlöcher, die oben breit und unten schmal sind. In so 'n Loch kann man keinen Mast setzen."

Jim sah sich das Loch genauer an und merkte sich bewußt, was Onkel Zeno sagte. Jim war stets bemüht, sich alles zu merken, was die Onkel über Arbeit sagten.

„Sieht aus, als wär es acht oder neun Fuß tief", sagte Onkel Zeno und sah zu Jim herüber. „Willst du probieren, wie tief es ist?"

Jim nickte und sah sich nach etwas um, das er ins Loch runterstecken konnte. Dabei ging ihm auf, daß das Loch so breit war, daß seine Schultern hineinpaßten, und ihm wurde klar, was Onkel Zeno gemeint hatte. Onkel Zeno ließ sich auf ein Knie nieder und faßte Jim ums Handgelenk. Jim trat mit einem Schritt ins Loch und Onkel Zeno ließ ihn in die Erde hinab.

„Laß mich nicht fallen", sagte Jim und sah Onkel Zeno noch einmal an, bevor er auf dem Weg nach unten aus der Sonne verschwand.

„Halt dich gut fest, Doc", sagte Onkel Zeno.

In dem Loch wurde die Luft gleich so kühl, daß sie sich anfühlte wie im November. Die Erde roch alt, vergessen, so daß Jim an Grillen denken mußte, wie sie abends spät vor dem ersten Frost singen. Als Onkel Zeno schon platt auf dem Bauch lag, hatten Jims Füße noch immer nicht den Boden des Loches erreicht. Er ruderte mit ihnen, um soliden Grund zu finden; er versuchte, nach unten zu gucken, aber die Dunkelheit verwehrte ihm die Sicht auf alles, was weiter unten war als seine Beine. Als er nach oben schaute, sah er, daß Onkel Zenos Körper fast ganz das Tageslicht aussperrte. Er umklammerte Onkel Zenos Handgelenk fester.

„Ich hab den Boden noch nicht berührt", sagte Jim. „Du kannst mich jetzt hochziehen."

„Mir rutscht die Hand ab, Doc", sagte Onkel Zeno mit gepreßter Stimme.

„Laß mich nicht los", sagte Jim.

„Ich kann dich nicht halten", sagte Onkel Zeno.

„*Bitte*, laß mich nicht los", sagte Jim. Er strampelte haltsuchend im Loch umher, um selbst hinauszuklettern.

Als Onkel Zeno ihn losließ, rechnete Jim damit, weit zu fallen, doch nach wenigen Zoll trafen seine Füße auf dem Boden auf. Unversehens saß er mit rasendem Herzen zusammengekauert auf dem Grund des Loches, beide Arme über dem Kopf verschränkt, den Mund zu einem Schrei geöffnet – eine Haltung, die ihm ein wenig peinlich war, sobald ihm aufging, daß er nicht mehr fiel. Er nahm die Arme herunter und merkte langsam, daß er keinen Grund zur Panik hatte. In dem Loch war mehr Platz als er gedacht hatte. Er drehte sich einmal linksherum im Kreis und dann wieder rechtsherum.

„Was machst du da unten, Doc?" fragte Onkel Zeno von oben. Jim hörte seiner Stimme an, daß er ihn absichtlich losgelassen hatte.

„Nichts", sagte Jim und blickte auf. Onkel Zenos Gesicht lag im Dunklen, aber sein Kopf war von einem Ring aus blauem Licht umgeben.

„Was soll ich nur deiner Mama sagen?"

„Sag ihr, du hast mich in ein Loch gesteckt", sagte Jim.

Onkel Zeno schwieg einen Augenblick. Dann sagte er leise: „Das sagen wir ihr lieber nicht."

Etwas in Onkel Zenos Ton machte, daß Jim sich vorstellte, sein Vater säße auf dem Boden eines Loches, das so ähnlich war wie dieses. In seiner Vorstellung war sein Vater weder glücklich noch traurig, er saß bloß da und wartete auf irgend etwas. Eine schlimme Vorstellung war das eigentlich nicht; es war nicht unangenehm, in dem Loch zu sitzen. Es war bloß einsam. Unmittelbar vor seinen Augen ragte ein Stein aus der Erdwand. Er stocherte mit einem Finger an dem Stein und dachte dabei: *Ich bin der einzige Mensch, der diesen Stein je gesehen hat. Ich bin der einzige Mensch, der diesen Stein je sehen wird.*

„Jetzt holen wir dich aber mal lieber wieder da raus, Doc", sagte Onkel Zeno und streckte seinen Arm ins Loch hinunter.

Jim besah sich Onkel Zenos große, über ihm hängende Hand. Als er sprang, packte Onkel Zeno ihn mit festem Griff am Handgelenk. Er zog Jim rasch ans helle Tageslicht und stellte ihn neben dem Loch auf die Füße. Die altvertraute Welt erschien Jim zunächst fremd; strahlender, schöner als er sie in Erinnerung hatte. Er war froh, wieder da zu sein.

Onkel Zeno klopfte und wischte Jim umständlich den Dreck von der Latzhose.

Jim tat es leid, daß er Onkel Zeno ein schlechtes Gewissen gemacht hatte. „Das war lustig", sagte er.

„Hmmf", machte Onkel Zeno. „Deine Mama würde wahrscheinlich nicht gern hören, daß ich dich in ein Loch gesteckt hab, was?"

„Ja", stimmte Jim zu. „Da hast du wahrscheinlich recht."

Nicht lange, nachdem sie losgefahren waren, kamen sie an ein Schild, das die Stadtgrenze von New Carpenter anzeigte. Jim hätte den Moment, an dem die Landstraße vom offenen Land her anrollte, sich einen kleinen Hügel hinunterschlängelte und zur Main Street wurde, immer wieder erleben mögen. Die Stadt an einem Samstagmorgen auf einmal vor sich zu sehen war wie plötzlich am Meer zu stehen: Jim atmete unwillkürlich schneller, bis er sich daran gewöhnt hatte. Beidseits der Straße neigten sich Backsteinhäuser ihnen zu. Die Menschen eilten scharenweise in den Geschäften aus und ein und durch das Verkehrsgebrumm. An der Trade Street hatten Farmer aus dem ganzen Bezirk ihre

Lastwagen Schulter an Schulter zu einer vier Straßenblocks langen Reihe aufgestellt, wo sie Gemüse und Äpfel und Wassermelonen und heiße, frisch geröstete Maiskolben feilboten. Zwischen den Bauern wanderten Gauner und solche, die es werden wollten, umher und versuchten, Gewehre oder Messer zu verhökern oder armselige Köter zu verkaufen. Am anderen Ende des Ortes, an einer beängstigend lauten Kreuzung, über der hinter einem weiten grünen Rasen das hohe weiße Gerichtsgebäude thronte, trafen Trade Street und Main Street, Stadt und Land, unter Gehupe wieder aufeinander und führten je in die eigene Richtung fort. Auf dem Rasen unter den Bäumen hatten sich junge halbstarke Fabrikarbeiter, die den Nachmittag frei hatten, in ihren Ausgehkleidern zusammengefunden. Sie lachten und stritten und gafften und prügelten sich von Zeit zu Zeit. Die Kreuzung wie das Treiben auf dem Rasen wurden von einem barschen alten Polizisten namens Hague überwacht, der einen Schlagstock hatte und in seine Pfeife blies und die Kinder ausschimpfte, wenn sie verkehrt über die Straße gingen. Aliceville erschien Jim immer ein wenig still, fast wie in der Kirche, nachdem er in New Carpenter gewesen war. Seinem Gefühl nach nahmen die Onkel ihn längst nicht oft genug mit, wenn sie in die Stadt fuhren.

Onkel Zeno stellte den Laster an der Depot Street ab und drehte sich zu Jim um. Er sagte: „Meinst du, du bist alt genug, die Uhr am Gericht im Auge zu behalten und um eins wieder hier zu sein?"

Jim nickte rasch. Noch nie hatten die Onkel ihn in New Carpenter auf eigene Faust losziehen lassen.

„Gut dann." Onkel Zeno fischte ein Zehn-Cent-Stück aus der Tasche am Brustlatz seiner Hose und gab es Jim. „Mach keinen Unfug, und sag deiner Mama nichts davon, daß ich dich allein auf die Stadt losgelassen hab."

„Nein, Sir!" sagte Jim.

Sobald Jim die Main Street betrat, verging ihm die Begeisterung darüber, allein unterwegs zu sein. Überall, wohin er sich wandte, begegnete er Scharen von Kindern, Kindern aus New

Carpenter, lauter Fremden, die sich bereits breitgemacht hatten. Wie die Fliegen umschwärmten Jungs den Tresen im Drugstore, wo Jim sich ein Eis kaufen wollte; neben dem Schaukasten mit den Messern in der Eisenwarenhandlung lauerten vier gefährlich aussehende Burschen; in den Geschenkwarenladen drängte gerade, als Jim dort ankam, ein Schwarm kichernder Mädchen. Nicht lange, und er hatte das Gefühl, daß alle anderen Kinder in der Stadt ihn beobachteten und daß er ihnen leid tat, weil er keine Freunde hatte. Er wurde wütend auf alle Kinder in New Carpenter, bloß, weil sie da waren, und wütend auf sich selbst, weil er nicht den Mut hatte, da hinzugehen, wo sie waren, und ihnen zu erzählen, wer er war.

Jim hatte sich gerade auf den Weg in Richtung Gerichtsgebäude gemacht, als Penn Carson auf der anderen Straßenseite seinen Namen rief. Jim freute sich, jemanden zu sehen, den er kannte. Er winkte mit hoch erhobenem Arm wie die Männer auf einem Rangierbahnhof, wenn sie eine Lokomotive einwinken. Er sah nach rechts und links die Main Street entlang, aber er entdeckte keine Lücke im Verkehr, die groß genug war, daß er die Straße überqueren konnte.

Penn zeigte auf das Gerichtsgebäude, und sie gingen beide zur Kreuzung, Jim auf der einen Straßenseite, Penn auf der anderen. An der Kreuzung wartete Penn, bis die Ampel auf Grün sprang, und kam dann über die Main Street zu Jim gelaufen.

„Hey, Jim!" sagte Penn, als wären sie die ältesten Freunde. „Hast du Lust, auf Entdeckung zu gehen?"

„Jaa!" sagte Jim und fand New Carpenter auf einmal wieder schön.

Er folgte Penn über die Trade Street und die Stufen zum Rasen vor dem Gericht hinauf. Der Weg durch den weiten Garten war von rauchenden Fabrikarbeitern gesäumt. Mama behauptete, Fabrikarbeiter hätten Schnappmesser und gingen damit aufeinander los, wenn sie betrunken waren. Jim traute sich nicht, sie anzusehen.

Am Fuß der Treppe zum Gerichtsgebäude blieb Penn stehen und sah sich verstohlen um, als würden sie verfolgt. „Komm mit“, sagte er. „Ich kenn einen Geheimgang.“ Er ging rechts seitlich neben die Treppe, winkte Jim, daß er ihm folgen solle, und duckte sich hinter die Wand aus dicken Buchsbäumen, von der das Gerichtsgebäude umgeben war. Zwischen dem Gebäude und den Buchsbäumen war gerade so viel Platz, daß die Jungen im Gänsemarsch hindurchpaßten. Sie huschten an der Frontseite entlang, unsichtbar hinter den dichten Büschen. Als sie um die Ecke gebogen waren, hielt Penn Jim fest und deutete auf den Fußabdruck eines Mannes. Der Absatz hatte sich tief und deutlich in der weichen Erde abgezeichnet.

„Sträflinge!“ flüsterte Jim. „Wir haben sie auf dem Weg hierher gesehen. Ich wette, einer ist geflohen!“

„Das hab ich auch gedacht“, sagte Penn.

„Die Spur reicht nicht, um ihn zu verfolgen.“

„Vielleicht ist er hier unten“, sagte Penn und deutete auf eine Treppe, die in den Keller des Gebäudes führte.

„Kann sein“, sagte Jim. „Warst du schon mal da unten?“

„Nein“, sagte Penn. „Aber wenn du gehst, geh ich auch.“

„Glaubst du, wir kriegen Ärger?“

„Ich hoffe nicht.“

Sie schlichen an die Treppe, krochen unter dem Geländer hindurch und ließen sich unten vor die Kellertür fallen. Dort hockten sie sich hin, damit niemand sie sehen konnte.

„Probier mal, ob abgeschlossen ist“, sagte Penn.

Kühle, nach Ammoniak riechende Luft umströmte Jim, als er die Tür aufdrückte. Vor ihm lag ein dunkler Flur, der durch ein schmales Rechteck aus vergittertem Sonnenlicht in der Mitte in zwei Hälften geteilt war.

„Guck mal“, flüsterte Jim. „Eine Gefängniszelle!“

„Ich weiß nicht“, sagte Penn. „Meinst du, wir sollten mal reingucken?“

„Wenn du es machst, mach ich es auch“, sagte Jim.

Sie schlichen durch den Flur, den Rücken platt gegen die Wand gedrückt, fast bis an die Grenze aus Sonnenlicht auf dem Boden. Jim mochte nicht weitergehen. Ängstlich starrte er auf die Schatten der Gitterstäbe, auf die Staubkörner in der Luft. Er wollte

Penn gerade zuraunen, daß sie lieber umdrehen sollten, als Penn ihn ins Licht schubste. Durch die Zellentür sah Jim einen Fabrikarbeiter auf einer Bank unter einem vergitterten Fenster sitzen. Er hob den Kopf und sah Jim aus einem traurigen, zerschlagenen Gesicht an. Eines seiner Augen war fast ganz zugeschwollen. Seine Unterlippe war aufgeplatzt, und seine weiße Hemdbrust war von Blut bespritzt. Jim konnte sich weder von der Tür fortrühren noch den Blick von dem Mann reißen. Er starrte ihn an wie einen fremden, knurrenden Hund, der ihm den Weg versperrte. Der Mann verzog einen Mundwinkel zu einem schiefen Grinsen.

„Buh!" sagte er und machte unvermittelt einen Satz auf die Tür zu.

Jim fiel stolpernd nach hinten, wo Penn ihn am Arm packte.

„Lauf, Jim!" schrie er.

Sie rannten durch den Flur, zur Tür hinaus, die Treppe hoch und mitten zwischen den Fabrikarbeitern hindurch über den Rasen. Sie rannten über die Trade Street, ohne auf Grün zu warten. Sie hörten erst auf zu rennen, als sie die Main Street zur Hälfte hinuntergelaufen waren, dann trabten sie noch ein Stück und gingen schließlich völlig außer Atem im Schrittempo weiter, die Hände auf den Hüften, während sie nach Luft rangen. Als sie sich endlich auf die Bank vor dem Herrenfriseur plumpsen ließen, fühlte Jim, wie ihm die Hände zitterten, aber nicht mehr vor Angst, sondern nur vor Aufregung. Merkwürdigerweise saß ihm ein Lachen in der Kehle.

Penn grinste. „Du hättest dein Gesicht sehen sollen", keuchte er.

„Wenigstens hab ich nicht geschrien", sagte Jim.

Als sie einmal angefangen hatten zu lachen, konnten sie lange nicht wieder aufhören. Dann lehnten sie sich auf der Bank zurück und saßen eine Weile still da, ohne zu reden. Jim hielt sein Gesicht in die Sonne. Er war wunschlos glücklich.

„Bin ich froh", sagte Penn schließlich, „daß die Bergjungs ..."

„... und die Stadtjungs ...", ergänzte Jim.

„ ... nicht da sind."

„Ich auch", sagte Jim. „Die würden alles versauen."

Jetzt war Jim an der Reihe, etwas auszusuchen, das er erkunden wollte. Er führte Penn an eine schmale Gasse zwischen einem Damenbekleidungsgeschäft und einer Anwaltskanzlei. Die Gasse ging durch bis zu der namenlosen Straße, die parallel hinter der Main Street verlief. Schon bald nach ihrem Eintritt in die Gasse blieb Jim stehen und zeigte auf die Ziegelmauer, auf die jemand mit Kreide einen Totenschädel und gekreuzte Knochen gemalt hatte. Unter dem Schädel und den Knochen stand das Wort „KING".

„Was meinst du, wer dieser King ist?" flüsterte Penn.

Jim runzelte die Stirn. „Ein Pirat kann er nicht sein", sagte er. „Von hier bis zum Meer ist es ewig weit."

„Was sollen denn dann der Totenschädel und die gekreuzten Knochen?" fragte Penn.

„Vielleicht ist er ein Mörder", sagte Jim.

Sie gingen langsam weiter auf die sonnenhelle Öffnung zu, die Jim am Ende der Gasse erkennen konnte. Alle paar Schritte trafen sie auf neue Warnungen, die mit jedem Mal drohender wurden als die vorherige: „DURCHGANG VERBOTEN KING", „LASS DICH NICHT ERWISCHEN KING", „NOCH EIN SCHRITT UND DU MUSS STERBEN KING". Jim hatte diese Gasse schon lange einmal erkunden wollen, aber jetzt war er sich nicht mehr so sicher. Seine Füße waren wie Blei. Die Gasse war dunkler und enger geworden, wie eine Schlucht zwischen zwei hohen Felswänden. Er hätte am liebsten die Beine in die Hand genommen und wäre schleunigst zurück zur Main Street gerannt, aber er wollte nicht, daß Penn ihn für einen Feigling hielt.

Penn nahm einen kleinen weißen Stein und malte einen Kreis um die Worte „DU MUSS".

„Wenigstens hat er seinen Namen richtig buchstabiert", flüsterte er.

Jim hielt sich die Hand vor den Mund, um nicht laut herauszuplatzen.

Sie schlichen auf Zehenspitzen in einen kleinen Hof, der zu der schmalen, matschigen Straße hin offen war. Der Boden war mit Zigarettenkippen und Flaschenscherben übersät. Auf der gegenüberliegenden Straßenseite war die Rückwand eines rohen Holzschuppens fast vollständig von Brombeerranken überwuchert. An die Wand war mit Kreide eine riesige Krone gemalt. Unter der Krone stand „VERRECKE KING".

„Ich weiß nicht, Jim", sagte Penn. „Was ist, wenn King wirklich ein Mörder ist? Wenn das kein Spiel ist?"

An der Überlegung war etwas dran. „Laß uns abhauen", sagte Jim.

Als Jim und Penn sich in die Richtung wandten, aus der sie gekommen waren, sahen sie zwei größere Jungen durch die Gasse auf sie zulaufen. Zwei weitere Jungen kamen von der kleinen Straße in den Hof gerannt. Penn und Jim waren rasch umzingelt. Die Jungen trugen keine Latzhosen, sondern Arbeitshosen. Sie drängten sich so dicht um Jim und Penn, daß Jim die Pomade in ihren Haaren, den Zigarettenrauch in ihren Sachen riechen konnte. Jim vermutete, daß sie aus New Carpenter waren, Fabrikarbeitersöhne aus der siebten, vielleicht der achten Klasse. Es gab keine Möglichkeit, ihnen zu entkommen. Jim hätte Penn gern irgendwie zu verstehen gegeben, daß diese Jungen sie umbringen würden, wenn er bei seinem Vorsatz blieb, sich nicht zu prügeln.

Fast als könnte er Jims Gedanken lesen, flüsterte Penn: „Ich bin dabei, Jim."

Jim war ein wenig beruhigt, aber nicht sehr. Er suchte sich die beiden weniger bedrohlich wirkenden aus, um sich erstmal die vorzunehmen, wenn die Schlägerei losging, doch ihm wurde bei der Vorstellung, gegen die größeren Jungen zu kämpfen – und was sie ihm und Penn antun würden – ganz flau im Magen.

Ein Junge war offensichtlich der Anführer. Er war untersetzt, fast fett, aber seine Arme waren beinahe so dick wie bei einem Mann. Er trug eine Filzkappe, die wie eine Krone geformt war. Er trat so nahe an Jim und Penn heran, daß er sie fast berührte. Er hatte winzige schwarze Augen über großen, runden Backen.

„Ich bin King", sagte er und deutete auf die Gasse. „Könnt ihr Bauerntrampel nicht lesen?"

„Besser als du schreiben kannst", sagte Jim.

King schubste Jim grob gegen die Wand. „Hab ich gesagt, du darfst den Mund aufmachen, du Bauernbubi?"

Penn versetzte King einen Stoß: „Laß ihn in Ruhe!" sagte er.

„Das war der größte Fehler deines Lebens", sagte King und schob die Ärmel hoch.

Über Kings Schulter hinweg sah Jim Abraham in die Gasse kommen. Abraham sah Jim nicht an.

„Hey, alter Mann", sagte King. „Hier ist kein Durchgang für Nigger."

Abrahams Augenbrauen zuckten flüchtig, dann griff er in die Hosentasche. Jim hörte ein Klicken, und plötzlich hatte Abraham ein Messer in der Hand.

„Hey", sagte King und ging rückwärts einen Schritt in Richtung der kleinen Hintergasse.

Abraham trat näher, keine Regung im Gesicht.

Alle vier Jungen machten abermals einen langsamen Schritt nach hinten.

„Hey", sagte King noch einmal.

„Hey", sagte Abraham.

Die Jungen drehten sich um und flohen in die kleine Straße. Jim konnte ihre Füße durch den Matsch spritzen hören, als sie wegliefen.

Abraham sah Jim immer noch nicht an. Er blickte unverwandt die Straße hinunter, in die die Jungen verschwunden waren. Er griff in seine andere Hosentasche und holte einen Apfel heraus.

„Hey, Abraham", sagte Jim.

„Setz dich, Mr. Glass", sagte Abraham. „An die Mauer da."

Jim ging rückwärts zur Mauer und nahm Platz.

„Wer ist das?" fragte Abraham und deutete mit dem Messer auf Penn.

„Das ist mein Freund", sagte Jim. „Penn Carson."

„Setz dich, Mr. Carson."

Penn nahm gehorsam neben Jim Platz.

„Rutscht ein Stück", sagte Abraham und bedeutete ihnen mit seinem Messer, daß sie auseinanderrücken sollten. Dann kam er zu ihnen an die Mauer, drehte sich um und setzte sich mit einem

Stöhnen zwischen Jim und Penn. Jim und Penn starrten auf das Messer. Abraham machte sich mit großer Feierlichkeit daran, den Apfel zu schälen. Jim sah, daß seine Hände zitterten.

„Abraham?" sagte Jim.

„Die Jungs sind euch durch die ganze Stadt hinterhergelaufen. Ich bin hinter den Jungs hinterhergelaufen. Das sind keine guten Jungs nich."

„Ich weiß", sagte Jim.

„Was habt ihr hinten in dieser Gasse zu suchen?"

„Wir haben bloß was gespielt", sagte Jim.

„Na, das Spiel ist nu aus."

Jim stierte auf den Apfel, während Abraham ihn schälte, auf die Schale, wie sie sich gen Boden ringelte. Seiner zitternden Hände zum Trotz schaffte es Abraham, die Schale in einem Stück zu lassen.

„Der Herr ist mein Hirte", murmelte Abraham. „Und ob ich schon wanderte im finstern Tal, fürchte ich kein Unglück."

Jim war plötzlich kurz davor, in Tränen auszubrechen.

„Was wird nun mit uns?" fragte er.

„Schweigt einfach stille", sagte Abraham.

Jim hörte Leute in die Gasse kommen.

„Hört zu", sagte Abraham. „Wenn ich sag, lauft, dann lauft ihr. Mr. Carson, du gehst den Polizisten suchen. Jim, du suchst deinen Onkel."

Jim und Penn wollten gleich aufstehen.

„Moment noch", sagte Abraham. „Erst mal essen wir diesen Apfel hier."

Hague, der Polizist, trat in den Hof, gefolgt von King. Hague hatte seinen Schlagstock dabei. Abraham nahm den Hut ab.

„Das isser!" brüllte King aus sicherer Distanz hinter dem Schutzmann. „Das iss der Nigger, der mitm Messer auf mich los iss!"

Abraham schnitt eine Scheibe von dem Apfel und reichte sie Jim. Jim nahm sie und aß sie. Abraham schnitt ein zweites Stück ab und reichte es Penn.

Hague betrachtete sie eine ganze Weile unverwandt.

„Dein Stecken und Stab", flüsterte Abraham.

Hague drehte sich um und sah King an. „Hier ist niemand mit einem Messer auf dich losgegangen", sagte er.

„Doch!" jaulte King. „Der da iss mitm Messer auf mich los!"

„Du spinnst", sagte Jim. „Das ist der größte Unsinn, den ich je gehört habe. Er hat nur einen Apfel geschält."

King kniff die Augen zusammen und sah Jim drohend an.

„Was für eine Phantasie", sagte Penn.

„Ich werde bleiben im Hause des Herrn immerdar", flüsterte Abraham.

Hague deutete auf die andere Straßenseite.

„Bist du der Knallkopf, der hier überall die Wände vollschmiert?"

„Was?" fragte King, als traute er seinen Ohren nicht. „*Was*?"

„Mach, daß du wegkommst", sagte Hague.

„Aber ...", sagte King.

Hague tippte ihm mit dem Schlagstock ein paarmal leicht von hinten an die Oberschenkel. King zuckte jedesmal zusammen, als wäre der Schlagstock heiß.

„Ich hab gesagt, zieh Leine", sagte Hague.

King zeigte auf Jim. „Dein Gesicht werd ich nich vergessen", sagte er.

„Dein Hut ist doof", sagte Jim.

Abraham gab Jim noch ein Stück Apfel. Jim kaute langsam und sah dabei King unverwandt an.

„Ich will dir das nicht noch einmal sagen müssen", sagte Hague und tippte King abermals mit dem Schlagstock an.

King blickte wild um sich und verschwand in die Gasse. Der Polizist sah ihm durch die Gasse nach, bis Jim Kings Schritte nicht mehr hören konnte.

Dann drehte sich Hague zu Abraham um und deutete mit dem Schlagstock auf ihn. „Mach das *nie* wieder. Hast du mich verstanden?"

Abraham nickte mit gesenktem Kopf.

Hague deutete mit dem Schlagstock auf Jim und dann auf Penn.

„Und ihr beiden Jungs", sagte er, „geht jetzt mal lieber eure Papis suchen."

„Ja, Sir", sagte Penn.

Jim überlegte, ob er Hague sagen sollte, daß er keinen Papa hatte, besann sich aber eines Besseren.

„Ich", sagte Hague, „werde jetzt zur Trade Street hinunterspazieren. Und ich denke, ihr drei werdet mitkommen wollen."

„Ja, Sir", sagte Jim.

„Ja, Sir", sagte Penn.

„Vielen Dank, Sir", sagte Abraham.

Hague ging durch die Gasse voran. Jim und Penn folgten ihm dicht auf den Fersen. Vier bis fünf Schritte hinter ihnen bildete Abraham die Nachhut. Als sie die Hauptstraße erreichten, sah Jim King und seine Freunde in sicherem Abstand lauern. Jim streckte ihnen die Zunge raus, wohl wissend, daß er, wenn er künftig nach New Carpenter kam, den Onkeln nicht von der Seite weichen durfte.

Als die vier an der Depot Street ankamen, sah Jim, daß wie durch ein Wunder Mr. Carson neben Onkel Zeno geparkt hatte. Penn boxte Jim leicht auf den Arm. Jim erwiderte den Schlag. Hinter ihnen begann Abraham ein Liedchen zu summen.

Stärlinge

Die Stärlinge kommen als riesiger, heiserer, schillernder Strom aus Nordwesten. Die ersten Vögel lenken schon in einer spitzen Kurve abwärts und lassen sich auf dem Walnußbaum am Feldrand nieder, da scheint das hintere Ende des Schwarms gerade den dunklen Buckel des Lynn's Mountain zu überqueren. So etwas hat Cissy noch nie gesehen; mit himmelwärts gewandtem Gesicht starrt sie in die Dämmerung, bis der letzte Vogel über sie hinweggeflogen ist.

Die Vögel verwandeln den Baum in ein Abbild seiner vollen sommerlichen Erscheinung – nur daß an den Zweigen statt Blätter Vögel sprießen. Cissy merkt, daß ihr das schon gefehlt hat, daß sie die Fülle der Bäume bereits vermißt, und ist für die Illusion dankbar. Der Tag war weder warm noch kalt, weder herbstlich noch winterlich; das Wetter hatte nichts gehabt, das sie hätte fühlen können. Es scheint Cissy, als wäre das laute Zwitschern der sich zur Nacht niederlassenden Vögel das einzige Geräusch, das sie den ganzen Tag gehört hat.

Völlig außer Atem kommt ihr Sohn herbeigerannt.

„Mama, was meinst du, wie viele Vögel mögen das sein?" fragt er.

„Ich weiß nicht. Hunderte. Tausende. Abertausende. Ich weiß es nicht."

Sie sieht, wie er zu zählen anfängt und es bald als hoffnungslos wieder sein läßt.

„Wenn Onkel Zeno mit seiner Schrotflinte drauf zielte, was glaubst du, wie viele Vögel würde er abschießen?"

Cissy schaut den Jungen an, dann wieder den Baum. Der bebt in dem schwindenden Licht.

„Jimmy", sagt sie. „Wieso fragst du mich so was? Warum sollte Zeno auf die Vögel schießen wollen?"

„Ich wette, er könnte hundert erwischen", sagt der Junge. „Vielleicht auch zweihundert."

Cissys Augen füllen sich mit Tränen. Sie weiß nicht, ob der Junge sie überhaupt hören kann; sie weiß nicht, ob sie ihren Gedanken laut ausgesprochen hat. Sie blinzelt, um wieder klar sehen zu können.

„Was hast du, Mama?" fragt er.

Cissy winkt ab, sie mag ihn nicht anschauen. Sie bindet ihre Schürze auf und nimmt sie ab. Sie streicht sich die Haare hinter die Ohren. Sie macht ein paar zögernde Schritte auf den Baum zu, dann läuft sie los; sie greift mit einer Hand nach ihrem Rock und lüpft ihn, damit sie schneller laufen kann; sie stellt überrascht fest, wie schön es ist zu laufen.

Der Junge rennt mit großen Augen neben ihr her. Er hat sie noch nie zuvor laufen sehen. Sie ist in seinem ganzen Leben noch keinen Schritt gelaufen.

„Mama", sagt er. „Mama, wo willst du hin?"

Cissy reißt die Schürze hoch und schwenkt sie über dem Kopf hin und her.

„Husch!" ruft sie. „Fliegt! Haut ab!"

Als sie auf weniger als dreißig Meter an den Baum herangekommen ist, steigt der ganze Schwarm auf einen Schlag mit einem rhythmischen, reißenden Geräusch auf, als zerreiße die Luft selbst. Der Schwarm entfernt sich vom Baum, ein Geschöpf mit einem vereinten Willen; er zieht sich in die Länge und windet sich geschmeidig übers Feld wie Wasser, das sich einen Weg talwärts sucht.

Cissy wedelt weiter mit der Schürze, läuft noch ein paar Schritte und kommt dann allmählich zum Stehen. Das Herz pocht wild in ihrer Brust; der Atem brennt in ihrer Kehle. Sie betrachtet die kahlen Äste des Nußbaums, den leeren Himmel. Sie hört die Vögel im dunklen Wald am Fluß krakeelen. Sie klingen aufgebracht, ungehalten, anklagend. Morgen früh werden sie fort sein. Cissy dreht sich um und sieht auf ihren Sohn nieder. Er weicht einen Schritt zurück. Als sie nähertritt, weicht er abermals zurück. Sie zeigt auf den Baum.

„Da, Mr. Glass", sagt sie. „Jetzt ist Winter."

Viertes Buch

Kalte Nächte

Elizabeth McBride Glass schreibt an Ralph Whiteside

12. Dezember 1934

Lieber Mr. Whiteside,
meine Brüder sagen mir, ich würde, indem ich mich einer Wiederverheiratung widersetze, meinen Sohn irgendwie des männlichen Einflusses berauben, den ein kleiner Junge braucht, um richtig heranzuwachsen. Das verblüfft mich. Ich frage Sie, Mr. Whiteside, wie kann es sein, daß mein Sohn an einem Mangel männlichen Einflusses und männlicher Liebe leidet, wo jeder meiner Brüder jederzeit freudig sein Leben opfern würde, wenn er Jims dadurch retten könnte? Was können vier Männer einem vaterlosen Jungen geben, das drei ihm nicht geben können? Und wenn ich einen Mann heiratete, der den Wunsch hätte, mit Jim und mir von hier fortzugehen, ihn seinen geliebten Onkeln zu entreißen, würde Jim dann nicht darunter leiden, daß ein einziger Mann an die Stelle tritt, die vordem von dreien eingenommen wurde? Wenn Jim angeblich durch eine Addition so unermeßlich profitiert, könnte er durch eine Subtraktion nicht ebenso unermeßlichen Schaden nehmen?

Aber dennoch, sagen meine Brüder, wünschen Sie, all meinen Einwänden zum Trotz, bei mir offiziell vorstellig zu werden und um meine Hand anzuhalten. (Was mich einigermaßen überrascht - kann man denn überhaupt sagen, daß wir einander kennen würden, Mr. Whiteside? Sie sind ein Mann, den ich als Geschäftspartner meiner Brüder kenne, mehr nicht - und was kann ich Ihnen mehr sein als eine Frau, eine Witwe, die sie auf einer Veranda haben sitzen sehen, oder vielleicht beim Kirchgang mit ihrem Sohn und ihren Brüdern.) Sie sollten sich geschmeichelt fühlen, daß meine Brüder sich entschlossen haben, für Sie einzutreten, Mr. Whiteside, denn sie sind feine, ehrliche Christenmenschen, und trotz ihrer Einmischung gut bis ins Mark. Ich bin sicher, daß sie in allem, was sie tun und sagen und mir nahelegen, nur mein und meines Sohnes Bestes im Sinn und im Herzen haben und mich durch ihr Bestreben nur ehren wollen. Das ist der einzige Grund, warum ich Ihnen heute schreibe, Mr. Whiteside. Meine Brüder sagen mir, Sie zu empfangen liege in meinem eigenen besten Interesse, vor allem im besten Interesse meines Sohnes Jim. Und Sie müssen wissen, daß ich ganz und gar für Jim lebe, der in den Fußstapfen seines vor gut zehn Jahren verstorbenen Vaters durch mein kleines Leben wandelt und mir Freude macht. Da meine Brüder - die ich liebe und ehre - meinen, ich würde Jim einen Schaden zufügen, wenn ich mich weigerte, Sie zu empfangen, werde ich Sie empfangen. Ich werde mir anhören, was Sie zu sagen haben.

Aber ich muß Sie warnen, Mr. Whiteside: Ich kann mir nicht vorstellen, daß Sie mir etwas zu sagen haben könnten, das meine Einstellung ändert. Ich erwarte zwar nicht, daß Sie das verstehen werden, was ich Ihnen nun sagen will, aber die schlichte Wahrheit, mit der ich tagtäglich lebe, ist, daß ich eine verheiratete Frau bin. (Halten Sie mich für verrückt, weil ich so etwas sage?) Als ich Jim Glass zum Mann nahm, bedeutete das für mich, daß ich niemals einen anderen zum Mann nehmen würde. Glauben Sie mir, Mr. Whiteside, niemand weiß besser als ich, daß mein Mann tot ist. Er starb eine Woche vor Jims Geburt allein auf dem Feld in der Sonne beim Unkrauthacken im Baumwollacker. Das sind die schlichten Tatsachen meines

Lebens. Doch es gibt außerdem die folgende: Obgleich mein Mann tot ist, Mr. Whiteside, so fühle ich mich dennoch verheiratet. Wie soll ich da einen anderen zum Mann nehmen?

Nun haben meine Brüder, wohl wissend, wie es um mich steht, Sie trotzdem ermutigt. Sie sind kluge, gute Männer, und es mag sein, daß sie dem Herrn auf eine Weise dienen, die er mir noch nicht offenbart hat. (Obwohl ich ohne Unterlaß bete und im tiefsten Herzen daran zweifle, daß dem so ist!) Deshalb werde ich Sie empfangen. Ich werde Sie einmal empfangen und mir anhören, was Sie zu sagen haben. Machen Sie sich keine Hoffnungen, Mr. Whiteside. Ich tue es nur, weil meine Brüder mir sagen, daß ich es tun soll, weil es für Jim das Beste sei, für den ich unserem Herrgott täglich danke. Deshalb werde ich Sie empfangen. Bitte sprechen Sie das nächste Mal, wenn Ihre Geschäfte als Handlungsreisender Sie hierher führen, einen meiner Brüder an. Es ist nur recht und billig, daß sie die Verabredung treffen, da die Idee ihren Köpfen entsprungen ist und von daher in ihre Verantwortung fällt.

Ich verbleibe in aller Ehrlichkeit,
hochachtungsvoll
Ihre
Elizabeth McBride Glass

Heiligabend

Jim wachte mit einem Ruck auf, als sich eine rauhe Hand auf seinen Mund legte. Über ihm stand groß eine dunkle Gestalt. „Doc", flüsterte die Gestalt, „krieg keinen Schreck."

Es war Onkel Zeno. Jim spürte, wie sich die Angst, die in seiner Brust aufgekeimt war, wieder einfaltete und schrumpfte.

„Versprichst du, mucksmäuschenstill zu sein?"

Jim nickte.

„Versprichst du, kein Wort zu sagen, bis wir draußen sind?"

Jim nickte abermals.

„Gut", flüsterte Onkel Zeno. Er nahm Jim die Hand vom Mund. „Zieh dich an. Wir haben was vor."

Als Jim die Decke zurückschlug, überfiel ihn die Kälte des ungeheizten Zimmers und verscheuchte sogleich alle Wärme, die ihn unter der Steppdecke umgeben hatte. Er zog hurtig seine Socken, sein Hemd und die Latzhose an, dann die Schuhe.

Wohin sie gehen wollten und wie seltsam es war, daß sie sich am Heiligabend mitten in der Nacht irgendwohin aufmachten, darüber verschwendete er eigentlich keinen Gedanken. Er war ganz einfach nur aufgeregt. Onkel Zeno war gekommen, um ihn zu holen; was er im Sinn hatte, war egal.

Nachdem Jim seinen Mantel zugeknöpft hatte, zeigte Onkel Zeno aufs Fenster, das, wie Jim nun erst bemerkte, sperrangelweit offen stand. Jim ging um sein Bett ans Fenster und sah hinaus. Aus dem Garten starrten ihm Onkel Coran und Onkel Al entgegen.

„Wir warten auf Jim Glass", sagte Onkel Coran leise.

„Ich bin Jim Glass", gab Jim leise zurück.

„Ach so", sagte Onkel Coran. „Dann spring du mal jetzt aus dem Fenster."

Jim schwang die Beine über die Fensterbank, stieß sich ab und landete in Onkel Corans Armen. Onkel Coran stolperte rückwärts und fiel um, immer noch mit Jim in den Armen. Verlegen rappelte Jim sich auf. Onkel Al hielt sich die Hand vor den Mund und zeigte auf Onkel Coran. Onkel Coran lag auf der Erde und schüttelte sich still vor Lachen.

„Pscht", zischte Onkel Zeno vom Fenster her. „Still, verflixt. Ihr weckt Cissy auf."

Onkel Zeno streckte erst ein langes Bein aus dem Fenster, dann das andere und ließ sich rückwärts hinunter, indem er sich an der Fensterbank festhielt. Er schielte über die Schulter nach dem Boden. Schließlich ließ er los und plumpste laut in den Garten.

„Ich kann den Stern sehen", sagte Onkel Coran noch auf der Erde liegend und zeigte nach oben.

Jim sah in den Himmel, aber er sah Tausende von Sternen, den staubigen, hellen Streifen der Milchstraße quer über das Firmament. Er wußte nicht, welchen Stern Onkel Coran meinte.

„*O Little Star of Bethlehem*", sang Onkel Coran leise.

„*Town*", flüsterte Onkel Al.

„*O Little Town of Bethlehem*", sang Onkel Coran.

Onkel Zeno und Onkel Al packten Onkel Coran bei den Händen und zogen ihn hoch.

„Du wirst uns noch alle reinreiten", schimpfte Onkel Zeno.

Die Onkel stellten sich um Jim herum und grinsten.

„Was ist denn mit euch los?" fragte Jim.

Onkel Coran machte ein beleidigtes Gesicht. „Es ist Weihnachten", sagte er.

„Wir haben eine Überraschung für dich", sagte Onkel Zeno.

„Jo", sagte Onkel Al. „Eine Überraschung."

Die Onkel führten Jim ums Haus und auf die Landstraße. Mitten auf der Straße blieben sie stehen und drehten sich zu ihren drei Häusern um.

Jim schaute nervös die Straße auf und ab.

„Da kommt nix", sagte Onkel Zeno. „Es ist mitten in der Nacht."

„Wenn du tief und traumlos schläfst, die güldnen Sternlein ziehn", sang Onkel Coran das Weihnachtslied weiter.

„Du singst zu tief“, sagte Onkel Al. Onkel Al war stolz auf sein Gehör.

„Nein“, sagte Onkel Coran. „Du hörst bloß zu tief.“

„Seid ihr betrunken?“ fragte Jim.

„Was?“ rief Onkel Zeno aus. „Wir sind nicht betrunken, oder, Jungs?“

„Wir sind nicht betrunken“, sagte Onkel Al.

„Kein bißchen“, sagte Onkel Coran.

„Warum seid ihr denn so komisch?“

„Wir sind nicht komisch“, sagte Onkel Coran. „Du guckst uns bloß komisch an.“

„Wir wollen dir bloß was zeigen“, sagte Onkel Zeno.

„Mitten auf der Straße?“ fragte Jim.

„Ist doch ein guter Platz“, sagte Onkel Al.

Jim schaute wieder die Landstraße auf und ab und dann zur Schule auf dem Hügel. Er schaute auf die dunklen Häuser der Onkel, den Laden, den Entkörnungsschuppen, den Bahnhof, das Hotel. Es gab nichts zu sehen. Alles war dunkel und friedlich und sternenbeschienen und kalt.

„Was denn?“ fragte Jim. „Was wollt ihr mir zeigen?“

„Das wirst du gleich sehen“, sagte Onkel Zeno. „Wart's nur ab.“

Onkel Al machte die Arme breit und streckte sie in die dunkle Welt hinaus. „Es werde Licht“, sagte er.

„Allie“, schalt ihn Onkel Zeno.

Doch Onkel Al streckte die Arme abermals aus. „Es werde Licht“, sagte er noch einmal, lauter.

„Hör auf, Gott zu lästern“, sagte Onkel Zeno.

„Warum ist das Gotteslästerung?“

„Weil Gott derjenige war, der ‚Es werde Licht‘ gesagt hat, und heute Heiligabend ist.“

„Ich weiß, welcher Tag heute ist“, sagte Onkel Al. „Und ich finde, es sollte einen Tag im Jahr geben, an dem ich sagen kann, was ich will, ohne daß mir jemand sagt, daß ich es nicht sagen soll.“

„Ist Jesus heute abend oder morgen geboren?“ fragte Onkel Coran.

„Heute abend", sagte Onkel Zeno.

Onkel Coran kratzte sich am Kopf. „Dann wäre ja heute der Weihnachtstag und nicht morgen."

„Was?" sagte Onkel Zeno.

„Denk mal nach", sagte Onkel Coran. „Wenn Jesus heute vor Mitternacht geboren ist, dann wäre heute den ganzen Tag Weihnachten und gestern wäre der Heiligabend gewesen. Aber wenn er nach Mitternacht geboren ist, dann wäre morgen der Weihnachtstag, wie es sich gehört, und heute der Tag vor Weihnachten, also Heiligabend."

„Ich weiß nicht, wovon du redest", sagte Onkel Zeno. „Wie kann Heiligabend gestern sein, wenn heute Heiligabend ist? Das weiß doch jeder, wann Heiligabend ist."

„Menschenskind, Zee", sagte Onkel Coran. „Du hast mir nicht zugehört. Jim hat mich bestimmt verstanden. Du hast doch verstanden, wovon ich rede, stimmt's, Jim?"

„Nein, Sir", sagte Jim.

„Dann hast du mir auch nicht zugehört."

Jetzt war Jim beleidigt.

„Mir ist kalt", sagte er.

„Es werde Licht", sagte Onkel Al.

Im gleichen Moment sah viele Meilen entfernt in New Carpenter ein Mann auf die Uhr und legte einen Schalter um. Elektrischer Strom sauste durch die Leitungen nach Aliceville.

Und in den Häusern der Onkel ging das Licht an.

Einen Herzschlag lang dachte Jim, die Häuser der Onkel seien in Flammen aufgegangen, und er wich unwillkürlich einen Schritt zurück. Ihm klappte der Mund auf.

Onkel Coran pfiff lang und leise vor sich hin. „Mach noch was anderes, Allie", sagte er.

Onkel Al betrachtete seine Hände.

„Lieber nicht", sagte er.

„Guckt mal", sagte Jim, sobald er wieder ein Wort herausbrachte.

„Herr, wir danken dir für deine Wunder", murmelte Onkel Zeno.

Alle drei Onkel schlugen für einen Moment die Augen nieder.

„Das sind die größten Häuser, die ich je gesehen habe", sagte Onkel Coran. „Ich wußte gar nicht, daß wir in so großen Häusern wohnen."

Die Häuser der Onkel wirkten tatsächlich auf einmal außerordentlich prächtig. Jim erschauerte bei ihrem Anblick. Alle Fenster erstrahlten in grellem gelbem Licht, nur das von Mama blieb dunkel.

„Warum wecken wir Mama nicht?" fragte Jim.

„Deine Mama braucht ihren Schlaf, Doc", sagte Onkel Zeno.

„Und es würde ihr hier draußen in der Kälte sowieso nicht gefallen", sagte Onkel Al. „Sie würde uns alle wieder reinschicken."

„Ach so", sagte Jim.

„Guckt mal", sagte Onkel Coran. „Guckt mal da oben."

Dort auf dem Hügel hatte sich die Schule in ein lichterfülltes Schloß verwandelt. Sogar der Boden ringsherum war hell erleuchtet.

Jim ging mit den drei Onkeln hinauf. Durch das gleißende Licht, das aus seinen Fenstern strömte, wirkte das leere Schulhaus noch größer und imposanter als tagsüber. Jim streckte instinktiv die Hand aus und hakte seine Finger an Onkel Zenos Latzhose in die Schlaufe für den Hammer.

Sie gingen über den Schulhof und traten dicht an das Gebäude heran, ohne es jedoch zu berühren. Onkel Zeno zog seine Uhr aus der Tasche und betrachtete das Ziffernblatt.

„Seht euch das an", sagte er. „Es ist zehn nach zwölf, und ich kann sehen, wie spät es ist."

Onkel Coran und Onkel Al und Jim beugten sich über Onkel Zenos Uhr.

„Ja, ich werd nicht mehr", sagte Onkel Coran. „Es ist zehn nach zwölf."

Jim stieg die Treppe hinauf und sah auf Aliceville hinab, als wäre er ein Prinz und die Stadt sein Königreich. Alsbald drückten ihn auch prinzliche Sorgen. Die Helligkeit der wenigen Lichter in

Aliceville ließ die Dunkelheit um den Ort herum nur finsterer erscheinen. Das elektrische Licht bei den Onkeln zog schemenhafte Grenzen um die Häuser; um diese Grenzen lauerte eine Schwärze, die plötzlich so groß und so mächtig schien wie Gott. Jim hatte die Dunkelheit bisher nie wahrgenommen. Ihn überkam eine Ahnung von etwas, das er nicht wissen wollte. Er sprang die Treppe hinunter, um wieder näher bei den Onkeln zu sein.

Onkel Zeno legte Jim eine schwere Hand auf die Schulter.

„Sieht jetzt anders aus bei uns, was, Doc?" sagte er.

Jim zwang sich, eine heitere Miene zu machen; er riß die Augen auf und sah möglichst munter drein. Er wollte die Onkel nicht enttäuschen.

„Ja, Sir", antwortete er. „Das kann man wohl sagen."

Auf dem Heimweg wirkten die Onkel nicht mehr so fröhlich. Ohne zu reden gingen sie den Hügel hinunter. Die Nacht wirkte plötzlich noch kälter. Jim hatte das Gefühl, als liefen sie in einen fremden Ort – einen Ort, der anders war als der, den er sein Leben lang gekannt hatte. Dieser Ort würde andere Dinge von einem Jungen verlangen, der dort lebte – mehr Mut und Stärke und Tapferkeit, als Jim zu besitzen meinte. Er wußte nicht, wie an einem solchen Ort zu leben sein würde. Die Welt war plötzlich verwandelt, aber er war derselbe geblieben. Er suchte Mamas dunkles Fenster und zitterte vor Kälte. Als er zu den Sternen aufblickte, schienen sie nicht mehr so hell.

26. Dezember

Mein lieber geliebter Mann,
wenn Du auf mich herabschaust - wie ich es in den letzten zehn Jahren geglaubt habe, wie ich glauben muß, wenn ich weiter jeden Morgen aufstehen und ohne Dich leben soll -, was mußt Du von mir denken? Wenn Du von hoch dort droben auf mich herabschaust und meine Gedanken kennst und mein Herz, dann weißt Du auch schon, daß ich mich bereit erklärt habe, einen anderen Mann zu empfangen, der um meine Hand anhalten will. Hat Dir das Dein Herz gebrochen, und hast Du mir deshalb den Rücken gekehrt? Oder kann es wirklich Dein Wunsch sein - wie ich mir immer wieder habe anhören müssen, bis ich es nicht mehr hören kann -, daß ich einen anderen heirate? Würde es Dir - wie mir alle einreden - wirklich gefallen, wenn ich mich darein schickte, „daß das Leben weitergeht"? Wäre es wirklich möglich, daß Du vom Himmel herab zusehen könntest, wie ich mit einem anderen Mann so rede, wie Mann und Frau miteinander reden, ohne daß es Dich schmerzt?

Meine Brüder behaupten, ich würde unserem Sohn Jim schaden, indem ich keinen neuen Mann nehme, der ihm ein Vater wäre. Und ich kann mich weder mit der Vorstellung abfinden, Jim zu schaden, noch mit der Vorstellung, Dir auch nur den geringsten Schmerz zuzufügen, so daß ich zutiefst zerrissen und verwirrt bin. Wenn ich nicht wieder heirate, schade ich Deinem Sohn; wenn ich wieder heirate, verletze ich Dich.

Was meine Brüder nicht begreifen, ist, daß ich, obwohl Du tot bist, mir in meinem Herzen geschworen habe, daß sich dadurch nichts ändern soll, daß wir weiter verheiratet sind, daß Dein Tod nur eine vorübergehende Trennung bedeutet. Ich habe mir gesagt, daß Du fortgegangen bist, um uns an einem besseren Ort ein Heim zu bereiten, in das du mich holen wirst, wenn es fertig ist. So, habe ich mir geschworen, wollte ich mein Leben verleben, ich wollte Dir treu sein und Deine Frau sein, bis wir wieder vereinigt sein können. Das war mein geheimer Schwur. Und jetzt habe ich gegen diesen Vorsatz verstoßen. Macht mich das nicht zu einer schlimmen Sünderin? Hat unser lieber Herr Jesus uns nicht gelehrt, daß an Sünde zu denken so schlimm ist wie die Sünde selbst? Wie sollst Du mir nur vergeben können, was ich getan habe?

Ich weiß, daß Gott mich hier auf Erden gelassen hat, damit unser Sohn zu dem Mann heranwachsen kann, zu dem Du ihn erzogen hättest, auf daß Dein Tod nicht vergeblich sei, aber was soll ich nur tun, wenn meine Brüder mir sagen, daß Gottes Wille anders ist, als ich ihn verstehe? Spricht Gott zu ihnen und nicht zu mir? Bin ich wirklich so allein, wie ich mich in meinem Herzen fühle? Indem meine Brüder darauf bestehen, daß ich mit diesem Mann spreche, zwingen sie mich, auf eine Weise zu handeln, die ich als verabscheuungswürdig empfinde. Am liebsten möchte ich ihnen entgegenschreien: ICH BIN EINE VERHEIRATETE FRAU! Können sie meine Ehe nicht achten? Darf ich mich nicht als verheiratet betrachten, obwohl Du tot bist? Ist das nicht mein heiliges Recht?

Ich weiß einfach nicht, was

Am Pächterhaus

Eines Tages nach dem Abendessen erlaubte Mama Jim, noch einmal zum Laden zu gehen und sich mit den Onkeln die Zeit zu vertreiben. Jim sprang vom Tisch auf. In den Laden zogen die Onkel sich abends zurück, wenn sie unter sich sein wollten. Meistens durfte Jim nicht mit.

Der Mond schien hell auf den Schnee. Jim beobachtete seinen Schatten, wie er dünn vor ihm herhuschte, als er mit knirschenden Schritten die Depot Street hinunterging. Schon seit einer Woche lag Schnee; er war verharscht und zerlöchert und schmutzig, wo Leute gegangen oder gefahren waren, aber im Mondlicht wirkte er frisch und neu. Die Onkel meinten, wenn der Schnee mehr als nur ein paar Tage liegenbleibe, warte er auf den nächsten. Jim hoffte, daß es bald wieder schneien würde. Die kalte Luft brannte angenehm in den Lungen; er versuchte die Wärme auf seinem Gesicht zu spüren, wenn er durch die Wolken ging, die er mit seinem Atem machte.

Vor dem Eingang zum Laden duckte sich Jim und schlich ans Fenster. Er kroch langsam über das helle Rechteck, das von dem elektrischen Licht auf den Schnee gemalt wurde. Dann richtete er sich vorsichtig auf und spähte hinein. Onkel Zeno und Onkel Coran saßen gebückt über einem Damespiel. Onkel Al stand mit gerunzelter Stirn hinter ihnen und studierte das Spielbrett. Keiner von ihnen rührte sich, und keiner sagte was. Jim beschloß, daß er lieber draußen bleiben wollte.

Er lief weiter in Richtung Hotel und überlegte, ob er einen Schneeball an Whitey Whitesides Fenster schmeißen sollte. Whitey war gerade wieder auf der Durchreise da. Jim hatte keine Ahnung, was er sagen wollte, falls er Whitey dazu bewegen könnte, mit nach draußen zu kommen, und versuchte sich ohne viel Glück etwas auszudenken. Als er fast am Hotel war, ging die Eingangstür auf und Whitey trat auf die Veranda hinaus. Jim blieb reglos stehen. Whitey war im Anzug, ohne Mantel, und trug einen seiner flotten Hüte. Er hielt sich an einem der Verandapfosten fest, beugte sich vor und sah hinauf zum Mond; er zog seine Uhr aus der Westentasche und hielt sie schräg ans Licht. Als er die Stufen hinunter in den Garten ging und dann in Richtung der Felder aufbrach, beschloß Jim, ihm zu folgen.

Whitey lief aus dem Ort hinaus und bog in den nur schwach sichtbaren Pfad ein, der durch den Wald zu dem Pächterhaus führte, in dem Mama mit Jims Papa gewohnt hatte. Jim, der einen Abstand von circa fünfzig Metern eingehalten hatte, blieb am Waldrand stehen und fragte sich, was Whitey vorhaben mochte. Der Weg führte einzig und allein zum Pächterhaus. Hinter dem Pächterhaus lag nur offenes Feld und hinter den Feldern der Fluß. Mama sprach natürlich vom Pächterhaus immer nur, als wäre es eine Stätte im Heiligen Land, aber außer ihr sprach überhaupt nie jemand davon. Was hatte Whitey dort zu suchen?

Als Jim von der Straße abbog, fiel ihm eine zweite Fußspur auf, die in den Wald führte. Die Fußabdrücke waren kleiner als die von Whiteys großen Schuhen. Jim beschlich eine leise Angst. Von wem stammten die anderen Fußabdrücke?

Was war, wenn Whitey etwas Böses im Schilde führte? Was war, wenn er ein Bankräuber war, der in dem leeren Haus seine Bande treffen wollte? Jim ging vorsichtshalber ein Stück seitlich in den Wald und achtete sorgsam darauf, den offenen Pfad nicht zu betreten. Er wollte auf keinen Fall, daß jemand später seine Fußspuren entdeckte. Whitey war außer Sichtweite ein gutes Stück voraus. Alle paar Schritte blieb Jim stehen und lauschte und spähte durch die Bäume. Die Zweige der kleineren Bäume langten nach ihm und kratzten ihn, wenn er vorbeiging, und unter dem Schnee knisterte das gefrorene Laub, wenn er darauf trat.

Er erreichte den Rand der Lichtung, auf der das Pächterhaus stand, just in dem Moment, als Whitey die Veranda erklomm. Kleine Zedernschößlinge lugten aus dem Schnee. Hinter dem alten Haus leuchtete friedlich das glatte weiße Feld. Whitey klopfte an die Tür. Als sich die Tür an ihren rostigen Scharnieren knarrend öffnete, wußte Jim, ohne zu wissen, woher er es wußte, daß Mama in dem Haus war. Mama hatte die andere Fußspur im Schnee gemacht. Mama wartete im Pächterhaus auf Whitey.

Jim begriff, daß er Zeuge einer so wichtigen und heimlichen Begegnung war, daß sie ihm hatte vorenthalten werden sollen. Einmal hatte er bei Mama durchs Schlüsselloch geguckt und zugesehen, wie sie sich wusch – und hatte sich danach so geschämt, daß er ihr tagelang nicht in die Augen sehen konnte. Ähnlich waren seine Gefühle jetzt, und trotzdem konnte er sich nicht dazu bringen, den Blick abzuwenden. Er kauerte sich nieder und blieb reglos im Wald sitzen und versuchte, möglichst leise zu atmen, wie ein Kaninchen, das darauf wartet, daß der Jäger vorbeigeht.

Whitey machte einen Schritt auf die Tür zu, blieb aber gleich wieder stehen, ohne einzutreten. Seine Stimme erreichte Jim als leises Murmeln, ohne erkennbare Worte. Whitey streckte die Arme aus, ob aus Überraschung oder beschwörend, konnte Jim nicht erkennen, und sagte etwas, das Jim am Ton als Frage erkannte. Mamas Antwort hörte Jim nicht, aber Whitey wandte sich als Reaktion auf das, was sie sagte, von der Tür ab und trat mit dem Gesicht zum Wald ans Verandageländer.

Mit dem Rücken zur Haustür sprach Whitey eine lange Zeit mit Mama. Er gestikulierte mit beiden Händen und hielt gelegentlich inne, um zuzuhören. Einmal richtete er den Blick gen Himmel und schüttelte den Kopf. Schließlich hob er die Hände, als bäte er Mama zu schweigen. Er kramte ein weißes Taschentuch aus der Brusttasche seiner Anzugjacke, schüttelte es auseinander und breitete es auf dem Boden der Veranda aus. Er kniete, das Gesicht immer noch von der Haustür abgewandt, mit dem rechten Knie auf dem Taschentuch nieder. Jim stockte der Atem fast in der Kehle. Er brach am ganzen Körper in Schweiß aus, obgleich ihm noch einen Augenblick zuvor kalt gewesen war.

Whitey machte Mama einen Heiratsantrag.

Mama sagte etwas mit scharfer Stimme vom Inneren des Hauses her – Jim hörte sie zum erstenmal –, und Whitey erhob sich rasch. Er nahm den Hut ab und setzte ihn wieder auf. Er griff in seine Jackentasche und holte etwas Kleines daraus hervor. Immer noch von der Tür abgewandt, streckte er den Arm nach hinten und flehte Mama an, es anzunehmen. Jim hielt die Luft an, während er darauf wartete, ob Mama herauskommen würde.

Doch Mama blieb im Innern des Pächterhauses verborgen.

Whiteys Arm sank allmählich an seine Seite, als hätte er etwas sehr Schweres hochgehalten. Ohne noch etwas zu sagen, verließ er die Veranda und ging über die Lichtung zum Weg durch den Wald.

Nachdem Whitey verschwunden war, wartete Jim mucksmäuschenstill darauf, daß Mama aus dem Haus kam. Als sie endlich erschien, raste Jims Herz, als wäre sie ein Hirsch oder ein Gespenst. Sie zog die Tür sorgsam hinter sich zu, drehte sich um und schaute auf das Taschentuch hinunter, das Whitey auf der Veranda liegenlassen hatte. Sie hob es auf, hielt es sich einen Moment an die Nase und steckte es dann in die Manteltasche.

Mama war erst wenige Schritte auf die Lichtung hinausgegangen, als ihr die Beine versagten und sie wie unter einem schweren Gewicht zu Boden sank. Sie setzte sich in den Schnee und verbarg das Gesicht in den Händen. Jim spürte, wie ihm zwei dicke Tränen über die Backen kullerten. Er streckte die Arme nach seiner Mutter aus und klappte die Finger ein und wieder auf, als wollte er sie zu sich heranziehen, aber er hatte Angst, sein Versteck im Wald zu verlassen.

Schließlich trocknete Mama die Augen an ihrem Mantelärmel und erhob sich wieder. Sie hielt sich den Mantel am Hals fest zu und stapfte über die Lichtung zu dem Weg, der nach Hause führte. Am Waldrand drehte sie sich um und schaute zum Pächterhaus zurück. Jim hörte, wie sie seinen Namen sagte, aber er wußte, daß sie nicht mit ihm sprach.

Fünftes Buch

Stille Tage

Der Carolina Moon

In der letzten Märzwoche fiel ein sanfter, kalter Regen, bis das Wasser knöcheltief auf dem Schulhof stand. Mit jedem Tag der Woche wurde das Wetter nasser, und Jim hatte den Eindruck, daß nur die Bäume und die Häuser verhinderten, daß der tiefe Himmel über den Boden schleifte wie ein Bettlaken. Die Straßen waren so aufgelöst, daß der Bus vom Lynn's Mountain nicht mehr nach Aliceville fahren konnte. Ohne Penn und die Bergjungs wirkte die Schule leer. Obwohl eigentlich Baseballsaison war, ließ Jim seinen Handschuh lieber gleich zu Hause, wenn er morgens den Hügel hinauf zur Schule ging.

Der Regen hörte auch in der ersten Aprilwoche nicht auf. Jeden Morgen trat Onkel Zeno auf die hintere Veranda hinaus, blickte zum Himmel und schüttelte den Kopf. Der Fluß verfärbte sich rot und schwoll an und stieg dem oberen Uferrand entgegen. An den Tagen, an denen es am heftigsten regnete, schwappte er auf die tiefsten der Niederungen über und wälzte sich in langsamen, suchenden Strömen über den unbekannten Boden. An den Tagen, wenn der Regen nachließ, zog er sich wieder von den Feldern zurück und hinterließ schlickigen Müll und weite seichte Tümpel, die aus der Ferne wie tiefe Seen wirkten.

Mama und die Onkel wurden erst ungehalten auf das Wetter und dann ungeduldig miteinander. Onkel Al konnte nicht auf die Felder hinaus, um mit der Frühjahrsaussaat zu beginnen. Er saß im Haus und im Laden herum und blickte finster drein. Einen Tag war er so mißgelaunt, daß er zu sich nach Haus ging und den ganzen Nachmittag verschlief. Vom langen Winter mit viel Mais und Ruhe rundgefressen, standen die Maultiere patschnaß und still auf der matschigen Koppel vor der Scheune. Sie hatten die Ohren angelegt und ließen die Köpfe hängen, als schämten sie sich.

Onkel Zeno konnte die Malzmühle nicht anwerfen, weil der übervolle Mühlbach das ganze Gebäude unter Wasser setzen würde, wenn er das Wehr zum Graben öffnete. Er holte das Schleifrad in die Küche und schliff Messer und Äxte, bis sie so scharf waren, daß er sich damit die Haare an den Armen rasieren konnte. Mama beschwerte sich, daß die Onkel überall im Weg waren und ständig Dreck ins Haus schleppten. Sie beschwerte sich über den Lärm, den Onkel Zeno mit dem Schleifrad machte; sie behauptete, sie würde sich lieber mit stumpfen Messern abfinden, als den Krach mit anhören zu müssen. Sie behauptete, es sei gutes Wetter zum Krankwerden, und fühlte Jims Stirn fast jedesmal, wenn er ins Zimmer kam, so daß auch Jim unleidlich wurde.

Nur Onkel Coran schien nicht unter dem Regen zu leiden. Wenn die Farmer durch schlechtes Wetter von ihren Feldern vertrieben wurden, führte sie der Weg unweigerlich zu ihm in den Laden. An den meisten Regentagen füllte er sich nach dem Mittagessen mit Farmern, die, während sie darauf warteten, daß die Wolken aufrissen und die Felder trockneten, den größten Teil des Nachmittags dort verbummelten, Coca-Cola tranken und rauchten, bis eine dicke blaue Wolke unter dem Dach hing. Was Onkel Coran haßte, waren die Tage, an denen alle draußen auf den Feldern arbeiteten und er stundenlang im Entkörnungsschuppen und im Laden herumsaß, ohne mit einer Menschenseele zu reden. Im Gegensatz zu allen anderen schien Onkel Coran glücklicher und glücklicher zu werden, je länger der Regen andauerte.

Endlich, am zweiten Sonnabend im April, war eine diesige, zaghafte Sonne von der Farbe eines alten Vierteldollars hinter den dünner werdenden Wolken auszumachen. Am Vormittag war der Laden voll, aber er leerte sich rasch, als der Himmel aufzuklaren begann. Nach dem Mittagessen setzte Jim sich zu den Onkeln in den leeren Laden, und sie unterhielten sich über Präsident Roosevelt, bis Jim fast einschlief. Roosevelt war als Thema nur interessant, wenn zufällig ein Anhänger der Republikanischen Partei dazu stieß. Jim ging nach draußen, ohne wirklich ein Ziel zu haben, und warf Steine in Pfützen, ohne wirklich daran Freude zu finden. Überall, wo er hintrat, saugte der Boden seine Schuhe an.

Gegen zwei Uhr fing er an, nach dem Carolina Moon zu lauschen. Der Carolina Moon war so schnittig und modern, daß er Jim aus einer wunderschönen Zukunft zu kommen schien, die er für sein Leben gern einmal gesehen hätte. Der Zug raste in Aliceville durch, ohne sein Tempo merklich zu verlangsamen, und nahm die Existenz des Ortes nur zur Kenntnis, indem er vor dem Eisenbahnübergang einen lauten, warnenden Pfiff ausstieß. Jim lauschte nach dem Zug, doch das einzige, was er in der Ferne hörte, war das leise Rauschen des Flusses, der in sein Bett zurückgekehrt war, aber immer noch mächtig voll und schnell durch den Wald schoß.

Als sich der Zug endlich näherte, erkannte Jim am Geräusch, daß er in Aliceville halten wollte. Er rannte die Stufen zum Eingang des Ladens hinauf und steckte seinen Kopf zur Tür hinein. Die Onkel blickten auf. „Der Carolina Moon hält", sagte Jim. Die Onkel starrten ihn einen Moment an und erhoben sich dann alle drei gleichzeitig, fast als wäre er ein Pastor, der sie aufforderte, ein Kirchenlied zu singen.

Jim erreichte die Schienen gerade rechtzeitig, um zu sehen, wie die riesige, glänzende, stromlinienförmige und pfeilschnell aussehende Lokomotive mit mächtig erzitterndem Dieselmotor am Bahnhofsgebäude vorbeifuhr und anhielt. Der letzte der silbernen Passagierwagen kam direkt vor dem Bahnhofsgebäude zum Stehen. Pete trat hinaus auf den Bahnsteig, sah Jim an und forderte ihn mit wichtiger Miene per Handzeichen auf zurückzutreten. Weiter vorn kletterten zwei Männer in Latzhosen aus dem Führerhäuschen und krochen unter die Lokomotive. Einer der Männer hatte einen Werkzeugkasten in der Hand.

Die Onkel kamen hinzu und stellten sich neben Jim. Die glänzende Verkleidung des Passagierwagens warf ihre Spiegelbilder verzerrt zurück. Sie hatten kurze, gedrungene Körper und lange spitze Köpfe, so daß Jim grinsen mußte. In den Fenstern spiegelte sich nur der Himmel über Aliceville, so daß er nicht in den Zug hineinsehen konnte. Wolkenfetzen wanderten von Fenster zu

Fenster zu Fenster auf die Lokomotive zu, als suchten sie Plätze im Zug.

„Hey, Pete“, sagte Onkel Zeno. „Was ist mit dem Moon?“

„Hat eine Kuh überfahren“, sagte Pete. „Seht ihn euch gut an. Gleich ist er wieder weg.“

„Ich hab gehört, er fährt fünfundsiebzig Meilen die Stunde“, sagte Onkel Coran. „Wie schnell ist er denn wirklich, Pete?“

„Weiß ich nicht genau“, sagte Pete. „So schnell, daß er dich weg und wieder her bringt, eh du gemerkt hast, daß du weg bist, denk ich.“

„Stimmt“, sagte Onkel Coran. „Fünfundsiebzig Meilen die Stunde.“

Am hinteren Ende des Wagens ging eine Tür auf, und ein Schaffner in schwarzer Uniform mit einer dicken goldenen Uhrkette über der Weste griff nach dem Handlauf und schwang sich zu Boden. Ohne Pete oder die Onkel oder Jim anzuschauen, machte er sich zum Kopf des Zuges auf, wobei er, um nicht über den aufgeweichten Boden laufen zu müssen, mit wackligen Schritten über den abschüssigen Kies am Gleis lief. Am Rand des Kiesbetts stand eine dicke, mit rötlichem Wasser gefüllte Schlammpfütze. Als der Schaffner an der Lokomotive war, bückte er sich zwischen zwei Räder und schaute unter die Lok.

„Das da ist der Oberschaffner“, sagte Onkel Zeno.

Jim hörte, wie sich jemand hinter ihm anschlich, und als er sich umdrehte, sah er Penn. Penn hatte glänzende Augen und rote Backen, als wäre er gerannt. Jim schüttelte Penn die Hand, als wollte er sie gar nicht wieder loslassen. Penn war über eine Woche nicht in der Schule gewesen.

„Hey, Penn“, sagte Jim, vielleicht ein bißchen lauter als er wollte.

„Hey, Jim“, sagte Penn. „Und Mr. McBride, und Mr. McBride und Mr. McBride.“ Im Gegensatz zu Jim vergaß Penn nie, höflich zu sein.

„Penn“, sagte Onkel Al.

„Hallo“, sagte Onkel Coran.

„Mr. Carson“, sagte Onkel Zeno und betrachtete Penns Beine,

die bis an die Taille dick mit Matsch verschmiert waren. „Wie geht's dir heute?"

„Ganz gut", sagte Penn. „Nur ein bißchen kaputt bin ich. Papa und ich sind auf dem Weg hierher im Schlamm steckengeblieben, und ich mußte aussteigen und schieben. Meine Büchs ist so steif, daß ich kaum laufen kann."

„Stell dir vor", sagte Jim. „Der Moon hat eine Kuh überfahren."

„Warum ist die Kuh nicht einfach drübergesprungen?" fragte Penn.

Er lachte und schlug Jim auf den Arm. Jim haute ihn wieder. Sie standen da und rieben sich die Arme und grinsten sich an.

„Für Baseball war es bis jetzt zu naß", sagte Jim. „Aber wo ihr oben auf dem Berg festsaßt, wären wir sowieso nicht genug gewesen, um zu spielen."

„Tut mir leid", sagte Penn. „Vielleicht trocknet die Straße ja bald, und wir können nächste Woche spielen."

Vorne an der Spitze des Zuges richtete sich der Schaffner auf und kam wieder Richtung Bahnhof. Als er mit Jim und Penn auf einer Höhe war, blieb er stehen und sah sie an und winkte sie zu sich heran.

„Ich muß euch mal sprechen, meine Herren."

Jim deutete auf seine Brust. „Uns?"

„Ja, euch", sagte der Schaffner.

Jim und Penn sahen einander an und gingen zögernd auf ihn zu. An der Schlammpfütze vor dem Gleis machten sie beide einen Sprung. Penn schaffte es nicht ganz bis auf die andere Seite, sondern landete mit einem Platsch am Wasserrand. Sie gingen zaudernd auf den Schaffner zu, der außerordentlich wichtig wirkte. Als Schaffner des Carolina Moon war er ohne weiteres der wichtigste Mensch, dem Jim je begegnet war. Er hatte weißes Haar und ein fein geschnittenes, fröhliches Gesicht. Er winkte die Jungen noch näher zu sich heran, beugte sich vor und legte die Hände auf die Knie. Er sah erst Jim und dann Penn mit ernstem Gesicht an. Jim dachte, sie hätten sich vielleicht etwas zuschulden kommen lassen, aber er kam nicht darauf, was es sein könnte.

„Ratet mal, wer in dem Wagen hier hinter mir sitzt", sagte der Schaffner."

„Wer?" fragten Jim und Penn.

Der Schaffner beugte sich noch weiter vor und flüsterte: „Ty Cobb."

Jim klappte der Unterkiefer runter. Penn kniff die Augen zusammen und rieb sich die Stirn, als hätte er nicht begriffen, was er gehört hatte.

„Der berühmte Ty Cobb aus Georgia", sagte der Schaffner. „Ich dachte, das interessiert euch Jungs vielleicht."

„Ja wirklich, Mensch!" sagte Penn und streckte ihm die Hand entgegen. „Danke schön."

„Bedank dich bei der Färse, die wir überfahren haben", sagte der Schaffner und schüttelte Penn die Hand. Dann schüttelte er auch Jim die Hand.

Er zog eine tellergroße goldene Uhr aus seiner Westentasche und sah auf das Ziffernblatt. Dann sah er Jim und Penn an und zwinkerte ihnen zu. „Die Zeit läuft uns weg", sagte er. Er verstaute die Uhr wieder in der Tasche. Er griff nach dem Handlauf neben den hohen Stufen und schwang sich elegant hinauf. Er hielt sich am Handlauf fest, beugte sich weit aus dem Wagen und schaute zur Spitze des Zuges.

Jim sprang über die Schlammpfütze und lief zu seinen Onkeln. Mr. Carson war zu ihnen gestoßen. Penn blieb zögernd an der Schlammpfütze stehen, sprang und landete wieder am Rand im Wasser.

„Was hat er gesagt, Jim?" fragte Onkel Al.

Jim öffnete die Lippen, aber er bekam keinen Laut heraus. Er schloß die Augen und holte tief Luft. In seinem Kopf rief eine Stimme: „Ty Cobb! Ty Cobb! Ty Cobb!"

Penn stieß ihn ungeduldig an. *„JIM."*

„Ty Cobb", sagte Jim. „Er hat gesagt, Ty Cobb sitzt in dem Zug!"

Die drei Onkel reckten ruckartig die Köpfe empor, wie von unsichtbaren Fäden gezogen. Ty Cobb war, weil er aus Georgia stammte, immer einer ihrer Lieblingsspieler gewesen.

„Ty *Cobb*?“ sagte Onkel Zeno.

„Da, in dem Wagen“, sagte Penn und zeigte hin.

Onkel Al stieß einen Pfiff aus. „Mann“, sagte er. „Oh Mann.“

„Ty Cobb, hmm?“ sagte Onkel Coran. Er zwinkerte Jim und Penn zu und schielte dann zum Bahnhofsgebäude hinüber. „Ty Cobb war der beste Baseballspieler, den es je gegeben hat“, sagte er laut.

„Hmmpf“, machte Pete auf dem Bahnsteig. „Der beste Baseballspieler, den es je gegeben hat, war Babe Ruth.“ Pete stammte aus Ohio. Er war ein großer Yankees-Fan, soweit Jim wußte, der einzige in Aliceville.

„Babe Ruth ist in Baltimore geboren, weißt du“, sagte Onkel Coran.

„Ja, und?“ fragte Pete. „Was beweist das?“

„Na ja, Maryland liegt südlich der Mason-Dixon-Linie“, sagte Onkel Coran.

„Und Maryland war ein Sklavenstaat“, fügte Onkel Al hinzu.

Pete war entrüstet. „Ihr wollt mir einreden, daß Babe Ruth ein Südstaatler ist?“ sagte er.

„Tja, das solltest du eigentlich schon daran erkennen, wie er den Ball schlägt“, sagte Onkel Zeno.

Die Onkel feixten. Selbst Mr. Carson grinste hinter seinem schwarzen Bart.

„Ist gut“, sagte Pete. „Ich seh schon, wohin dieser Zug geht. Und ich werde an dieser Station aussteigen.“

Onkel Coran zwinkerte den Jungen abermals zu.

„Ty Cobb“, sagte Onkel Zeno. Er sah den Schaffner an und trat näher an den Zug, blieb aber an der Schlammpfütze stehen. „Verzeihung, Sir“, sagte er. „Wie ich höre, sitzt Ty Cobb in diesem Zug.“

„Ja, Sir, so ist es“, sagte der Schaffner.

„Wo fährt er hin?“

„Wir bringen ihn bis nach Atlanta“, sagte der Schaffner. „Wohin er von da aus will, kann ich nicht sagen.“

„Könnten Sie diesen Jungs hier sagen, was Mr. Cobb für ein Mann ist?“

Der Schaffner sah Jim und Penn an und überlegte einen Augenblick.

„Mr. Cobb“, sagte er mit Bedacht, „ist ein zahlender Fahrgast.“

„Hmm“, sagte Onkel Zeno sinnig. Er nahm den Hut ab und kratzte sich am Kopf. „Wäre es eventuell möglich, daß diese beiden Jungs hier einen Augenblick einsteigen und Mr. Cobb vielleicht kennenlernen dürften?“

„Ach, bitte“, sagte Jim.

„Bitte, bitte, bitte“, sagte Penn.

„Es tut mir leid, Jungs“, sagte der Schaffner. „Das kann ich nicht erlauben.“

„Nur einen Augenblick?“ sagte Jim.

„Den Zug dürfen nur zahlende Fahrgäste betreten.“

„Na schön“, sagte Onkel Zeno und nickte. „Das sehen wir ein. Das ist einleuchtend. Aber könnten Sie nicht vielleicht Mr. Cobb um ein Autogramm für diese beiden Jungen bitten?“

Der Schaffner biß sich auf die Unterlippe und schüttelte abermals das Haupt.

„Mr. Cobb kommt mir vor wie ein Herr, der nicht gern gestört wird“, sagte er. „Ich glaube, es wäre das beste, ihn nicht zu stören.“

„Das überrascht mich nicht“, sagte Pete vom Bahnsteig her. „Ich sag's euch, Cobb war ein Lump.“

„Das würde ich an deiner Stelle nicht so laut sagen“, gab der Schaffner zurück.

Jim starrte zum Zug hinauf in die Wolken, die über die Fenster zogen. Er konnte es nicht fassen, daß er Ty Cobb so nahe war. Ty Cobb war nur zehn Meter von ihm entfernt. Jim spürte, wie er innerlich bebte; er spürte, wie sein Herz klopfte. Er schaute ängstlich nach vorne zur Spitze des Zuges. Er wußte, sobald die Männer unter der Lokomotive hervorkrochen, würde der Carolina Moon abfahren und ihm Ty Cobb entführen. Und danach würde er nie wieder in Aliceville halten. Schon jetzt spürte Jim, wie leer die Stadt sein würde.

Plötzlich klatschte Onkel Zeno in die Hände.

„Ich weiß was“, sagte er. „Jim, lauf und hol deinen Ball und den Handschuh.“

Jim rannte, so schnell ihn seine Füße trugen, nach Hause. Bei jedem Schritt flogen ihm Schlamm- und Wasserspritzer um die Beine. Er rannte die Depot Street hinunter, durchquerte Onkel Zenos Garten, sprang auf die Veranda, stieß die Tür auf und sauste in die Küche.

Mama saß am Tisch. „Jim!" rief sie. „Deine Füße!"

Jim trampelte, ohne innezuhalten, in sein Zimmer und bückte sich unter sein Bett. Während er seinen Handschuh aus dem eingeölten Tuch wickelte, in dem er ihn immer aufbewahrte, rief er: „Tut mir leid." Der Ball lag sicher und geborgen in seiner Mulde. Er zog den Handschuh über und rannte wieder durch die Küche. „Ty Cobb ist im Moon!" schrie er.

Mama fragte: „Was?"

Jim sprang von der Veranda in den Garten. Über die Schulter rief er nach hinten: „Onkel Zeno hat mich geschickt, ich soll meinen Handschuh und den Ball holen!" Als Mama zur Tür kam, sauste er bereits wieder die Depot Street hinauf.

Am Bahnhof hielt er Onkel Zeno den Ball und den Handschuh hin. Onkel Zeno schob Jim beides wieder zu.

„Nein", sagte er. „Wirf du mit Penn direkt hier neben dem Zug den Ball hin und her. Na los. Zeigt Ty Cobb, was ihr könnt."

„Komm, Penn", sagte Jim.

Jim sprang über die Schlammpfütze. Penn watete hindurch. Auf dem schmalen Streifen Erde zwischen der Pfütze und dem Bahnkörper lief Jim ein paar Schritte rückwärts in Richtung der Zugspitze; Penn ging rückwärts in die entgegengesetzte Richtung. Jims erster Wurf flog Penn fast über den Kopf, aber Penn streckte sich nach dem Ball und holte ihn aus der Luft.

„Immer mit der Ruhe", mahnte Onkel Zeno.

„Laß dir Zeit", sagte Onkel Coran.

Penns Wurf war exakt gezielt. Der Ball landete mit einem satten Klatsch in Jims Handschuhmulde.

„So's recht, Penn", sagte Mr. Carson. „Schön weit ausholen."

„Jetzt teil dir die Kraft ein, Jim", sagte Onkel Al. „Nicht zuviel Schwung."

Jim hatte das Gefühl, in der World Series als Werfer aufgestellt zu sein. Er warf Penn einen wohlgezielten Ball zu. Alle drei Onkel applaudierten.

„Prima, Jim", sagte Onkel Zeno.

Wieder kam Penns Wurf gerade und hart zurück. Er hatte einen merkwürdigen, fast verzweifelten Ausdruck im Gesicht.

„Jim", sagte er. „Laß mich den Handschuh haben."

„Nein", sagte Jim und nahm diesmal etwas mehr Schwung.

Penns Gegenwurf war so hart, daß Jims Hand brannte, als er ihn gefangen hatte.

„Jim", sagte Penn. „*Bitte* laß mich den Handschuh haben."

„Nein, Penn. Es ist mein Handschuh."

„Und jetzt einen mit Effet", sagte Pete. „Jetzt einen mit Effet, Jim."

„Ich *kann* keinen mit Effet", sagte Jim.

„*Ich* sollte den Handschuh haben", sagte Penn. „Ich bin ein besserer Spieler als du."

Penn warf den Ball jedesmal so fest, daß Jim befürchtete, ihn vor Ty Cobbs Augen fallen zu lassen.

„Bist du nicht", sagte er.

„Doch, und das weißt du genau, Jim. Du weißt, daß ich besser bin als du. Gib mir den Handschuh."

„Du bist nicht besser als ich", sagte Jim. Er warf den Ball fast so fest er konnte auf Penn. Er sah, wie Penn das Gesicht verzog, als der Ball auf seine Hände traf.

„Nicht so hitzig, Jungs", sagte Onkel Zeno.

„Penn", mahnte Mr. Carson.

„Jim will mir den Handschuh nicht geben."

„Es ist sein Handschuh", sagte Mr. Carson.

„Aber Ty Cobb", sagte Penn. „Ty Cobb guckt uns zu, und ich hab keinen Handschuh."

„Hör auf zu betteln, Penn", sagte Mr. Carson.

„Laß Penn einen Augenblick den Handschuh haben", sagte Onkel Coran.

„Es ist *mein* Handschuh", sagte Jim.

Jim wollte gerade den Ball auf Penn abfeuern, als er sah, daß Penn nicht aufpaßte; Penn schaute an ihm vorbei zur Spitze des

Zuges. Jim drehte sich um. Die beiden Männer, die unter die Lokomotive gekrochen waren, kamen wieder hervor. Einer von ihnen stand mit dem Werkzeugkasten auf; der andere schob, während er unter der Lok hervorkroch, etwas Langes, Gerades vor sich her. Als er aufstand, erkannte Jim das Vorderbein einer Kuh, das direkt unterhalb der Schulter abgerissen war. Ihm stellten sich bei dem Anblick die Nackenhaare auf.

„Da haben wir das Problem", sagte der Schaffner.

Der Mann schwenkte das Bein mit beiden Händen hoch über dem Kopf wie eine Fahne oder eine Fackel. Dann warf er es in die Schlammpfütze neben dem Gleis und kletterte in die Lokomotive. Der Schaffner winkte zurück.

„Alles einsteigen!" rief der Schaffner.

„JIM!" sagte Penn wütend. „Gib mir jetzt ENDLICH den Handschuh!"

„NEIN, hab ich gesagt!" antwortete Jim.

Penn schrie: „GIB MIR DEN HANDSCHUH, DU BABY!"

„Penn!" sagte Mr. Carson. „Komm bitte sofort her zu mir."

„Das war's, Jungs", sagte Onkel Zeno.

Der Schaffner verschwand im Wagen und zog die Tür zu.

Jim war außer sich vor Wut darüber, daß Penn ihn vor den Onkeln und dem Schaffner ein Baby genannt hatte.

„BABY!" brüllte er. „Ich bin kein BABY!"

Er schloß die Augen und warf den Ball so fest er konnte auf Penn. Er flog weit über Penns Kopf. Als er endlich landete, hüpfte er über den nassen Boden und trudelte dann die schiefe Ebene hinunter in die Schlammpfütze.

Penn starrte Jim so haßerfüllt an, daß Jim dachte, er wollte auf ihn losgehen. Jim machte sich zum Kampf mit ihm bereit. Doch Penn wandte sich ab, um den Ball zu holen. Er machte einen einzigen Schritt, dann stürzte er mit dem Gesicht nach vorn zu Boden. Jim hörte, wie er „o-oh" sagte. Penn stützte die Hände auf und schob sich hoch, fiel jedoch, als er aufzustehen versuchte, sofort wieder lang hin. Er drehte sich auf die Seite und sah mit verwundertem Gesicht auf seine Beine hinunter. Die Onkel und Mr. Carson rannten zu ihm. Pete sprang vom Bahnsteig. Der Zug ruckte rasselnd an. Penn legte sich auf den Rücken und stieß ein Jaulen aus, ein verlorenes Tiergeheul, daß Jim plötzlich ein großes Loch in seinem Innern spürte. Als er die Augen schloß, fühlte er, wie er fiel und fiel.

Ein sonniger Nachmittag

Penn hatte Kinderlähmung.

Der Sheriff reiste aus New Carpenter an und hängte Quarantänemeldungen aus. Der Bummelzug hielt weiterhin am Bahnhof, um die Post zu bringen und abzuholen, aber es stiegen keine Leute ein und so gut wie keine aus. Die Schule wurde für den Sommer geschlossen, obgleich erst April war.

Jim saß in seinem Zimmer und wartete darauf, daß er sterben mußte. Er hatte sich neben Penn auf die Erde gehockt und seine Hand gehalten. Penn hatte auf seine Beine gestarrt, als ob Schlangen darauf herumkrabbelten. Jetzt spürte Jim ebenfalls ein Krabbeln in seinen Fingern und von oben bis unten im Arm. Mama kam regelmäßig zu ihm herein und legte ihm die Hand auf die Stirn, um festzustellen, ob er schon Fieber hatte.

Der Quarantäne zum Trotz herrschte warmes, klares Wetter. Die von Süden wehende Brise roch nach dem Fluß und nach erwachender Erde. Bald würden die Onkel wieder auf den Feldern arbeiten. Mama würde für sie kochen und ihre Häuser putzen. Jim schloß die Augen. Alles würde ohne ihn weitergehen.

Mr. Carson hatte Penn auf die Arme genommen und war mit ihm zu seinem Lastwagen gelaufen. Vor lauter Hast war er mit Penn über die schlammigen Straßen gleich wieder ganz auf den Berg gefahren statt nach New Carpenter ins Krankenhaus. Die Onkel fragten sich, ob Mr. Carson schlicht vergessen hatte, daß es das Krankenhaus gab, oder ob er nur Vertrauen zu dem Arzt hatte, der auf dem Berg wohnte.

Jim saß auf einem Küchenstuhl am Fenster und lehnte mit den Armen auf der Fensterbank. Draußen gab es nicht viel zu sehen. Nicht eine Menschenseele spazierte die Straße entlang oder fuhr auf den Ladenhof oder ging ins Hotel oder kam aus dem Bahnhof. Trotzdem war es erstaunlich interessant, darauf zu warten, daß man starb. Ein Vogel, der über den Himmel schoß, wurde zu einem großen erinnernswerten Ereignis; Jim betrachtete drei mitten auf der Straße schlafende Hunde, als hätte er noch nie Hunde gesehen. Als sie aufstanden und in Richtung des Ladens lostrotteten, fragte er sich, wie sie entschieden, wohin sie gehen wollten und wann es Zeit war, sich aufzurappeln. Dann und wann stand er auf und beugte die Knie und hüpfte auf und ab wie ein Sportler, der sich für den Weitsprung warm macht.

Krank fühlte sich Jim nur, wenn er an Penn dachte. Von Zeit zu Zeit durchfuhr ihn die Erinnerung an seinen Egoismus an dem Tag, als Penn gestürzt war, und nahm ihm die Luft. Dann fiel ihm wieder ein, wie er Penn den Ball in den Rücken geworfen hatte; ihm fiel wieder ein, wie schadenfroh er gewesen war, als er Penn beim Wettklettern am Schlaraffenbaum besiegt hatte; ihm fiel alles Böse ein, das er je über seinen Freund gesagt oder gedacht hatte. Er wünschte sich mehr als alles andere, daß er Penn seinen Handschuh hätte haben lassen. Er flüsterte: „Bitte, bitte, bitte", und das war gleichzeitig ein Gebet für Penn und die Bitte, daß seine unangenehmen Erinnerungen verschwinden und ihn in Ruhe lassen möchten.

Als Jim die Augen aufschlug, stand Abraham draußen vor seinem Fenster.

„Hey, Abe", sagte Jim und richtete sich auf.

„Hallo, Mr. Glass", sagte Abraham. „Ich wollte dich nicht wecken."

„Ich hab nicht geschlafen", sagte Jim. „Ich hab bloß so hier gesessen."

„Ich kam grad zufällig vorbei", sagte Abraham.

Jim wunderte sich, warum Abraham den Weg durch den Garten nahm und nicht über die Straße, aber er sagte nichts.

Abraham grinste ohne einen für Jim erkennbaren Grund. Er streckte sich und gähnte ausgiebig.

„Ich könnte auch ein Nickerchen brauchen", sagte er. „Ich hab zuviel zu Mittag gegessen."

„Oh“, sagte Jim.

Abraham griff in seine Jackentasche und holte ein kleines, in braunes Packpapier eingewickeltes Paket voller Fettflecken hervor.

„Da fällt mir ein“, sagte er. „Ich bin zu satt, um meinen gebratenen Apfelkrapfen zu essen. Magst du ihn vielleicht?“

Jim besah sich den Krapfen. Es war ihm bis zu diesem Moment nicht klar gewesen, aber ein gebratener Apfelkrapfen war genau das, wonach ihm zumute war. Aber er wußte nicht, was Mama dazu sagen würde, wenn er ihn annahm.

„Der wird sonst schlecht“, sagte Abraham. „Ich würd ihn ja selber essen, aber ich bin so gestopft voll wie ein Strohsack.“

Jim fiel wieder ein, daß er bald sterben mußte, und er entschied, daß er sich einen letzten gebratenen Apfelkrapfen genehmigen durfte.

„Ja, gut“, sagte er. „Bloß damit du ihn nicht wegschmeißen mußt.“

Jim nahm das Paket und verstaute es unter seinem Bett, damit er ihn später essen konnte.

„Na, dann will ich mal wieder“, sagte Abraham. „War nett mit dir zu plauschen.“

„Vielen Dank für den Krapfen“, sagte Jim.

Abraham nickte und machte einen Schritt zurück, ohne sich jedoch zum Gehen zu wenden; mit einemmal wurde seine Stirn ganz lang und drückte so auf die Augenbrauen, daß sie runzlig wurden und sein ganzes Gesicht uralt wirkte.

„Du bist in Gottes Hand, Mr. Glass“, sagte Abraham. „Auch wenn es nich so aussieht.“

Jim nickte.

„Und Mr. Carson, er ist auch in Gottes Hand.“

„Er ist mein bester Freund“, sagte Jim.

„Na, besser kann er es nich haben als in Gottes Hand.“

„Aber er hat Kinderlähmung.“

„Ach was“, sagte Abraham. „Kinderlähmung ist von dieser Welt. Was von dieser Welt ist, das hat für den lieben Gott keine Bedeutung. Das mußt du dir einfach merken.“

„Ich will's versuchen", sagte Jim.

„Du kommst bestimmt wieder auf die Beine", sagte Abraham.

„Okay", sagte Jim. „Ich werd mich bemühen."

Pete hatte etwas, das schwer aussah, in einer braunen Papiertüte.

„Hey, Pete", sagte Jim.

„Jim", sagte Pete.

Jim wußte nicht, was er als nächstes sagen sollte. Seine Gespräche mit Pete gingen selten über die Begrüßung hinaus.

Pete reichte Jim die Tüte.

„Ich hab neulich in den Kohlen rumgestöbert, und da hab ich das hier gefunden", sagte er. „Ich hab dafür keinen Platz. Wenn du willst, kannst du es haben. Ich hab genug Müll bei mir rumstehen."

In der Tüte war ein großes, plattes Stück Kohle, das über und über mit feinen Blattabdrücken bedeckt war. Jim traute seinen Augen nicht. Es war der Steinkohlebrocken, der bei Pete im Bahnhof auf dem Schreibtisch lag. Nicht einmal für Geld hatte Pete ihn hergeben wollen.

„Mensch, Pete", sagte Jim. „Danke. Warum willst du ihn mir schenken?"

„Ich hab einfach gedacht, es wird Zeit, daß ich mal aufräume. Das ist alles. Es war nur die Frage, ob ich ihn dir schenke oder ob ich ihn verheize."

Jim fuhr mit dem Zeigefinger über die Umrisse der uralten Blätter.

„Es sind einundvierzig verschiedene Blätter", sagte Pete. „Ich hab sie gezählt. Wenn du genau hinsiehst, wirst du erkennen, daß es Farne sind."

Jim nickte zustimmend. Im Sommer waren die bewaldeten Flußufer kühl und grün mit Farnkraut bewachsen.

„Die Kohle ist in Bluefield in West Virginia auf die Eisenbahn geladen und hier wieder abgeladen worden. Ziemlich erstaunlich, wenn man drüber nachdenkt."

„Was ist erstaunlich?"

„Daß wir was in Händen halten können, das vor Millionen Jahren lebendig war. Daß dies von einem Bergarbeiter in West Virginia ausgebuddelt wurde und hier in North Carolina angekommen ist, wo wir es angucken."

Jim hielt sich die Kohle näher ans Gesicht, und einen Augenblick blitzte vor ihm ein Bild der Farne auf, wie sie leuchtend grün an einem fremden Flußufer wuchsen.

„Wenn man daran denkt, daß die Sonne hundertmillionenmal aufgeht und wieder untergeht, kommt einem das, was heute ist, irgendwie gar nicht so wichtig vor."

„Kann sein."

„Nee, bestimmt", sagte Pete. „Denk mal drüber nach."

„Okay", sagte Jim.

„Na, also. Wirst schon sehen."

Jim wußte nicht, was er noch dazu sagen sollte. Ihm kam das, was heute war, immer noch ziemlich wichtig vor. Er tat so, als wäre er noch damit beschäftigt, die Blattabdrücke zu mustern.

„Wie geht es deiner Mama?" fragte Pete.

„Gut", sagte Jim und sah im Aufblicken, wie Petes Gesicht auf einmal puterrot wurde.

„Sag ihr, ich laß sie grüßen."

„Mach ich."

„Ich hab große Achtung vor ihr."

Jim nickte, weil er nicht wußte, was er darauf sagen sollte.

Ohne Jim anzusehen und ohne sich umzudrehen, begann Pete den Rückzug durch den Garten anzutreten.

„Und ich finde, du bist auch ganz in Ordnung. Aber erzähl das nicht gleich überall rum."

„Ist gut."

„Denk drüber nach, was ich über die Steinkohle gesagt hab", sagte Pete.

„Mach ich", sagte Jim.

„Was heute ist, soll man nicht allzu wichtig nehmen."

„Okay."

„Es wird schon alles gut werden."

„Okay."

„Also mach dir keine Sorgen."
„Ist gut."
„Und werd kein Baseballspieler wie Cobb. Cobb war ein Lump."
„Glaubst du wirklich, daß Ty Cobb im Moon war?" fragte Jim.
„Vielleicht", sagte Pete. „Aber es hat nicht viel Sinn, jetzt noch darüber nachzugrübeln. Ob er's war oder nicht, jetzt ist er weg."
„Das stimmt wohl."
„Okay. Na, dann tschüss", sagte Pete.
„Tschüss", sagte Jim.

„Oh", sagte Whitey, „beinahe hätte ich es vergessen. Das ist für dich."
Er gab Jim ein kleines Stück Blei mit einer Kerbe am einen Ende. Am andern Ende war es platt und verbeult.
„Was ist das?" fragte Jim.
„Das ist eine Kugel aus dem Bürgerkrieg", sagte Whitey. „Die ist meinem Großvater aus dem Bein rausoperiert worden."
Jim starrte ungläubig auf das Stück Blei in seiner Hand.
„Dein Großvater hat eine Kugel ins Bein gekriegt?"
„In der Schlacht von Franklin", sagte Whitey. „Sie mußten ihm das Bein abschneiden. Die Abplattung da, das ist, wo sie den Knochen getroffen hat. Hat ihn in tausend Stücke zersplastert."
„Die haben deinem Großvater das Bein abgeschnitten?"
„Jo", sagte Whitey. „Bis zum Krieg war er Farmer. Aber nachdem sie ihm das Bein abgeschnitten hatten, ist er Prediger geworden."
„Oh."
„Er hat sogar 'ne ziemlich gute Figur abgegeben als einbeiniger Priester. Die Kugel hat er mir geschenkt, als ich ungefähr in deinem Alter war. Und jetzt will ich sie dir schenken."
„Dankeschön", sagte Jim. „Ich verspreche, sie nicht zu verlieren."
Whitey nahm den Hut ab, kratzte sich am Kopf und setzte den Hut wieder auf.

„Hör zu, Jim“, sagte er. „Es kann sein, daß wir uns nicht mehr wiedersehen.“

„Wieso?“

„Ich hab meine Arbeit verloren“, sagte Whitey. „Die Geschäfte laufen nicht, die Leute kaufen kaum Futter- und Saatmittel, deshalb hat die Firma mir gekündigt. Ich werde meine Reisen nicht mehr machen, deshalb komme ich nicht mehr mit dem Zug nach Aliceville.“

Jim schluckte und nickte.

„Es tut mir in der Seele weh“, sagte Whitey. „Aber ich kann nichts dagegen machen.“

„Ich wette, die Onkel hätten Arbeit für dich.“

Whitey lächelte leise.

„Wir haben's überlegt, aber das ist wahrscheinlich keine sehr gute Idee.“

Jim mußte an den Abend am Pächterhäuschen denken. Mama hatte nie etwas davon gesagt. Jim hatte ihn Mama gegenüber nie erwähnt.

„Vielleicht nicht“, sagte er. „Was wirst du tun?“

„Das weiß ich nicht“, sagte Whitey. „Vielleicht geh ich nach Norden, und vielleicht geh ich nach Westen. Da, wo jemand einen Handlungsreisenden brauchen kann, da werd ich hingehen.“

„Das ist eine gute Idee“, sagte Jim.

„Ich wollte bloß, daß du weißt, daß ich es schön fand, dein Freund zu sein. Du bist ein guter Junge.“

Whitey reichte ihm die Hand.

„Kann sein, daß ich Kinderlähmung hab“, sagte Jim.

„Das Risiko nehme ich auf mich.“

Whitey drückte Jims Hand kräftig mit seinen beiden Händen.

„Jim Glass“, sagte er. „Ich wünschte, es wäre anders gekommen.“

„Ich weiß“, sagte Jim.

Whitey legte den Kopf schräg und zog eine Augenbraue hoch.

„Ich hab gesehen, wie du an dem Abend im Wald mit Mama geredet hast.“

„Tatsächlich, ja?"

„Ja."

„Na sowas. Deine Mama hat gesagt, sie hätte Angst, daß uns jemand sieht, und anscheinend hatte sie recht."

„Hast du versucht, Mama zu heiraten?"

Whitey lachte mit einem traurigen Geräusch, das wie ein Stöhnen aus seinem Bauch aufstieg.

„Ich hab's versucht", sagte er. „Aber sie wollte mich nicht."

„Hab ich mir gedacht", sagte Jim.

„Sie hat gesagt, sie liebt immer noch deinen Vater."

„Er ist gestorben, bevor ich geboren wurde."

„Ich weiß", sagte Whitey. „Das ist traurig."

„Ja, irgendwie."

Whitey neigte den Kopf nach hinten und verschränkte die Hände im Nacken.

„Aber wir müssen alle zusehen, daß es weitergeht, stimmt's, Jim?"

„Ja, Sir."

„Wir müssen tüchtig anpacken und in Bewegung bleiben und uns bemühen, das Richtige zu tun."

„Ja, Sir."

„Paß gut auf deine Mama auf, ja?"

„Mach ich."

„Und laß dir kein Holzgeld andrehen."

Noch bevor Jim „nein" sagen konnte, machte Whitey auf dem Absatz kehrt und ging mit großen Schritten zurück zum Hotel.

Sechstes Buch

Die Aussicht vom Berg

Unser Jim

An Jims elftem Geburtstag geschah spät vormittags so etwas wie ein Wunder: Mama gab ihm die Erlaubnis, mit den Onkeln auf den Berg zu fahren. Als sie sich zum Aufbruch bereitmachten, kam sie sogar mit nach draußen, um sie zu verabschieden. Onkel Coran und Onkel Al kletterten auf die Ladefläche und nahmen auf den Stühlen Platz, die sie hinten ans Führerhäuschen gestellt hatten. Mama stieg aufs Trittbrett und schaute zu Jim und Onkel Zeno hinein. Onkel Zeno drückte auf den Anlasser, der Motor schüttelte sich und erwachte aufheulend zum Leben.

„Du kannst gerne mitkommen, Cissy", sagte Onkel Zeno über den Lärm hinweg.

Mama schüttelte den Kopf.

„Zeno, du weißt, daß ich da nicht hochfahren kann", sagte sie. „Ich glaub nicht, daß ich es ertragen könnte."

Jim bemühte sich, Mama nicht anzusehen, und betrachtete statt dessen seinen Baseballhandschuh auf dem Schoß. Als er aufblickte, nahm sie sein Gesicht zwischen ihre Hände und musterte es eingehend.

„Jimmy", sagte sie. „Du mußt mir nur eins versprechen, komm wieder."

Jim wurde vor Verlegenheit rot und entwand sich ihren Händen.

„Ich komm wieder", murmelte er.

Mama lächelte und stieg vom Trittbrett ab.

„Auf geht's, Doc", sagte Onkel Zeno. „Alles klar zur Abfahrt?"

„Alles klar."

Die Stromleitungen entlang der Landstraße führten in rhythmischen, weit geschwungenen Bögen auf und ab. Junger Mais winkte aus den Niederungen am Fluß. Milchkühe grasten auf den saftigen Juniweiden, während junge Kälber sie in die Euter knufften und an den Zitzen saugten. Als Onkel Zeno von der Landstraße in die ungepflasterte Straße zum Lynn's Mountain einbog, blühte unter dem Laster eine rote Staubwolke auf und entschwebte in die Richtung, aus der sie gekommen waren. Sie rollten an der Abfahrt zu Onkel Zenos Mühle vorbei und ratterten auf der Holzbrücke über den Jagger Creek. Obwohl sie gar nicht weit von zu Hause war, war Jim noch nie über die Brücke gekommen; bis heute hatte er keinen Grund gehabt, ins Land auf der anderen Seite vorzudringen.

Sie fuhren durch ein Dickicht aus verkümmerten, von duftendem Geißblatt berankten Robinien, dann führte die Straße leicht bergan auf den Kamm einer Hügelkette zu. Als sie die Kuppe erklommen hatten, ging es abwärts in welliges Land. Inmitten der Hügel ragte der Lynn's Mountain auf, die Schultern ein wenig anders gedreht, als Jim sie sonst jeden Tag von Aliceville aus sah, fast als käme er ihnen entgegen, während sie auf ihn zu fuhren.

„Da ist er, Doc", sagte Onkel Zeno.

„Ja, Sir", sagte Jim.

„Da oben wohnt Penn. Da oben kommt dein Papa her."

Jim nickte.

„Als er nach der Beerdigung seiner Mama vom alten Amos weggegangen ist, hat er den ganzen Weg nach Aliceville zu Fuß zurückgelegt. Hat 'n ganzen Tag gebraucht."

Jim nickte abermals.

„Jemand, der so hungrig aussah wie er damals an dem ersten Abend, hast du noch nie gesehen."

„Habt ihr ihm was zu essen gegeben?"

Onkel Zeno schnaubte. „Ob wir ihm was zu essen gegeben haben. Der hat uns die Haare vom Kopf gefressen, genau wie du."

Die Straße wand sich hinunter in einen kleinen Hohlweg, in den grünen Schatten am Jagger Creek. Der Berg verschwand, bis sie wieder in die Sonne hinausfuhren.

„Wo dein Papa von da oben ist, bist du wohl auch zur Hälfte ein Bergjunge, was, Doc?"

„Ich nicht, ich bin kein Bergjunge", sagte Jim.

„Aha", sagte Onkel Zeno.

Jim hatte nicht abweisend klingen wollen. Er sah Onkel Zeno an und versuchte zu lächeln, spürte jedoch, wie sich sein Gesicht statt zu einem Lächeln nur zu einer undefinierbaren Grimasse verzog.

„Es wird schon alles gut werden", sagte Onkel Zeno. „Wart's nur ab."

„Müssen wir meinen Großvater besuchen?" fragte Jim.

„Müssen tun wir's nicht, aber wenn wir ihn nicht besuchen, wirst du dir eines Tages wünschen, daß wir es getan hätten. Dafür wirst du einfach mein Wort nehmen müssen."

Jim starrte durch die Windschutzscheibe auf den Berg, der sich langsam von ihnen abwandte, weil die Straße einen Bogen nach Osten machte.

„Was soll ich zu Penn sagen?" fragte er.

„Er ist dein Freund", sagte Onkel Zeno. „Du wirst wissen, was du sagen sollst, wenn es soweit ist."

„Ja, hoffentlich", sagte Jim.

Je mehr sie sich dem Berg näherten, um so bewegter wurde die Landschaft. Aus den roten Böschungen an den Straßenrändern begannen weiße Quarznasen hervorzutreten. Die Straße führte rasch über kurze steile Hügel auf und ab, an deren Hänge sich Hochlandfarmen schmiegten. Auf sorgfältig terrassierten, den Konturen der Hügel angepaßten Feldern wuchsen Mais und Süßkartoffeln und kleine, für den Verkauf bestimmte Mengen Tabak und Baumwolle. An einer Farm führte direkt neben dem Scheunenhof eine kleine steinige Weide fast so steil wie eine Schlucht in die Tiefe. Von dort schaute sie eine einsame weiße Kuh, die im kurzen Gras an einem steilen Serpentinenweg graste, friedlich an. Am nächsten Haus hängte eine alte Frau die samstägliche Wäsche, bestehend aus Latzhosen und Arbeitshemden, bunten

Baumwollkleidern und weiten weißen Unterhosen, auf die Leine. Eine Meute bläulich weiß gefleckter Jagdhunde purzelte unter der Veranda hervor und sprang mit großen Sätzen jämmerlich bellend hinter dem Laster her.

„Dein Papa war ein begeisterter Waschbärjäger", sagte Onkel Zeno. „Und er war nicht einer von denen, die bloß am Feuer sitzen und lauschen, was die Hunde machen. Er ist immer gern selber in den Wald raus und hinter ihnen her. Man konnte seine Laterne draußen durch die Nacht schwanken sehen und sein Brüllen hören. Corrie, Al und ich, wir haben immer am Feuer gesessen und gewartet, bis die Hunde einen auf einen Baum jagten, weil das unser Papa so gemacht hatte. Aber dein Papa, der ist mit den Hunden losgerannt. Der ist immer gleich nach den Hunden am Baum gewesen."

„Also war mein Papa ein guter Waschbärjäger?"

„Jawohl", sagte Onkel Zeno. „Dein Papa kannte sich im Wald aus, das muß man sagen. Er hat natürlich auch gemeint, das Waschbärjagen unten, wo wir wohnen, wär nichts verglichen mit dem Waschbärjagen da oben, wo er herkam. Er meinte, da oben hätte man sich vor Jaguaren in acht nehmen müssen. Er meinte, damals lebten überall in den Felsen noch Jaguare. Nach ihnen heißt der Fluß, der von da oben fließt, Jagger Creek."

„Hast du je einen Jaguar gesehen?" fragte Jim.

„Nein, noch nie. Aber dein Papa hat erzählt, daß er mal einen gesehen hat."

„Mein Papa hat einen Jaguar gesehen?"

„Das hat er jedenfalls gesagt. Einen Jaguar oder was anderes."

Jim lief es kalt über die Wirbelsäule.

„Was meinst du mit ‚was anderes'?"

„Nu, dein Papa war nicht sicher, was es war. Er meinte, vielleicht war es ein Jaguar, und vielleicht war es ein Geist."

„Ein Geist?"

„So hat er das erzählt, Doc. Ein Geist. Er hat erzählt, daß er nicht viel älter war als du jetzt, wahrscheinlich so zwölf, als sich die Geschichte zutrug. Amos war noch nicht wieder aus dem Gefängnis, aber dein Papa war schon groß genug, sich nachts in den Wald zu trauen. Jedenfalls ist er mit einem seiner Gentine-Vettern auf Waschbärjagd gegangen. Es war eine wolkige, windstille Nacht, ohne Mond, aber eine gute Nacht zum Jagen. Dein Papa und sein Kamerad hatten kaum Feuer gemacht, da kamen ihre Hunde schon wieder zurück. Und alle Hunde hatten die Schwänze zwischen die Beine geklemmt. Sie schlichen sich ans Feuer und ließen sich durch nichts bewegen, wieder loszulaufen, egal, wie dein Papa und der junge Gentine sie scheuchten. Was nicht normal war, weil es für einen Jagdhund nichts Schöneres gibt, als an einem stillen, feuchten Abend auf die Jagd zu gehen.

Als dein Papa und sein Vetter noch versuchten, die Hunde mit Fußtritten soweit zu bringen, daß sie wieder losliefen, da hat, sagt er, der Jaguar gebrüllt. Es kam von ganz in der Nähe, eben außerhalb des Lichtscheins um das Feuer. Sein Brüllen hörte sich an wie der Schrei einer Frau, hat er gesagt. So was hätte er in seinem Leben noch nicht gehört und wollte es auch nie wieder hören."

„Was haben sie da gemacht?"

„Nun, bei dem ersten Schrei des Jaguars oder was immer hat der junge Gentine vor Schreck die Laterne umgestoßen, und sie ist kaputtgegangen. Da haben sich die beiden so dicht es ging ans Feuer gehockt. Und dann haben sie am Rand der Dunkelheit mal hier mal da seine grünen Augen aufleuchten sehen. Im einen Moment konnten sie sie sehen, und im nächsten Moment nicht mehr, aber dann waren sie plötzlich wieder da, diesmal hinter ihnen oder drüben auf der anderen Seite. Sie hatten nicht mal ein Gewehr dabei, weil sie, wenn die Hunde einen Waschbär auf einen Baum gejagt hatten, ihn einfach runterschütteln und in einen Sack stopfen wollten, um ihn lebendig nach Hause zu bringen. Bergjungs wie dein Papa kennen keine Angst, Doc. Außer vielleicht vor Jaguaren. Und so saßen sie nun da. Sie hatten kein Gewehr und die Laterne war kaputt. Sie hatten nicht genug Kiefernzapfen, um das Feuer die ganze Nacht in Gang zu halten, und in der Finsternis lauerte ein Jaguar, der bloß darauf wartete, daß das Feuer ausbrannte. Und die Hunde – das waren Hunde, die einen Bären zur Strecke bringen konnten – krochen ihnen voll Todesangst jaulend um die Knöchel."

„Was hat mein Papa da gemacht?"

„Nun, als das Feuer schon fast aus war, schrie der Jaguar ein zweites Mal. Und er war noch näher gekommen. Diesmal hörte es sich an, als wäre er direkt mit im Lichtkreis, wo sie waren. Und dann hat er gesprochen."

„Er hat gesprochen?"

„Er hat gesprochen. Er hat mit einer Frauenstimme gesagt: ‚Helft mir, ich bin ermordet worden.'"

„Und dann?" fragte Jim. „Was ist dann passiert?"

„Ja, was glaubst du, was dann passiert ist, Doc? Die beiden Jungs haben die Beine in die Hand genommen. Dein Papa, sein Vetter, die Hunde, sie sind allemale nach Hause losgerannt, was das Zeug hielt. Wie angestochen, hat dein Papa erzählt, sind sie durch das Lorbeergestrüpp gerannt; die Zweige griffen nach ihnen und schlugen ihnen ins Gesicht, und sie stolperten auf ihrer Flucht und fielen hin und rappelten sich wieder auf und kratzten und traten sich im Dunkeln gegenseitig und purzelten wild durcheinander. Und die ganze Zeit, sagt dein Papa, konnten sie das Wesen, das hinter ihnen her war, dicht hinter sich durch das Laub rennen und keuchen hören. Alle zwanzig Schritte oder so stieß es einen Schrei aus. Und bei jedem Schrei, hat dein Papa gesagt, war er sicher, daß der Jaguar oder der Geist oder was immer ihm mitten auf den Rücken springen würde, und daß das sein Ende bedeuten würde – er hatte keine Hoffnung mehr, den nächsten Morgen zu erleben."

„Hat es einen von ihnen gekriegt?"

„Nein, zum Glück nicht. Als sie bei sich zu Hause auf die Lichtung rausgerannt sind, hat dein Papa erzählt, ist das Wesen am äußersten Waldrand stehengeblieben und hat nicht mehr weiter gemocht. Am Abend darauf hat Robley Gentine alle Männer und Jungs und Hunde und Gewehre, die er auf dem Berg finden konnte, zusammengetrommelt, und sie haben den ganzen Wald durchstreift, und die Hunde haben überall rumgeschnüffelt, wo der Jaguar gewesen war, aber sie konnten nirgends auch nur eine

Spur von ihm entdecken. Dein Papa hat gesagt, niemand hat ihn je wieder schreien hören, und niemand hat ihn je wieder gesehen."

Jim starrte Onkel Zeno mit offenem Mund an. Er versuchte zu lachen, mußte aber feststellen, daß ihm das nicht glaubhaft gelang.

„Hast du dir das ausgedacht?" fragte er.

Onkel Zeno schüttelte den Kopf.

„Nein, Jim, kein Wort davon. Corrie und Al und ich, wir haben deinem Vater jedesmal, wenn er die Geschichte erzählt hat, zugesetzt. Wir haben jedesmal versucht, ihn dazu zu bringen, zu sagen, daß sie nicht wahr ist, aber das hat er nie getan. Dein Papa hat jedesmal hoch und heilig geschworen, daß alles von A bis Z wahr ist, und er hat eigentlich nie gelogen."

„Wieso hast du mir die Geschichte noch nie erzählt?"

„Weil deine Mama gesagt hat, dann zieht sie mir bei lebendigem Leib das Fell über die Ohren. Sie findet die Geschichte zu gruselig."

Jim schwieg.

„Und Al, der hört sie auch nicht so gern. Jedenfalls nicht seit dein Papa gestorben ist."

„Warum?"

Onkel Zeno schluckte.

„Na ja, du kennst Allie doch, Doc. Er ist ein bißchen abergläubisch. So wie er sich die Geschichte zurechtgelegt hat, war da in der Nacht auf dem Berg irgendwas Böses hinter deinem Vater her. Und er glaubt, daß dieses böse Wesen, was immer es war, weiter hinter ihm her war und ihn schließlich gefunden hat und ihn damals an dem Tag im Baumwollfeld erwischt hat."

Jim wußte nicht, was er darauf sagen sollte. Plötzlich war die Welt voller Schrecken.

„Aber das ist bloß Allie", sagte Onkel Zeno. „Du kennst ihn ja. Für Allie sind alle Dinge Zeichen und Wunder."

„Warum hast du mir die Geschichte denn jetzt doch erzählt?"

Onkel Zeno zuckte die Achseln.

„Ich hab, glaub ich, mir einfach gedacht, wenn du Manns genug bist, um auf den Berg zu fahren und Amos Glass gegenüberzutreten, bist du auch Manns genug, von der Nacht zu hören, in der der Jaguar gesprochen hat."

Sie waren nun so nah an dem Berg, daß seine grünen Flanken die Windschutzscheibe ausfüllten. Jim beugte sich vor, bis er die Kammlinie wieder sehen konnte und dahinter den vertrauten blauen Himmel. Der Berg erschien ihm wie eine lebendige, schlafende Gestalt, die in der Sonne auf der Seite lag.

Sie überquerten den Jagger Creek auf einer schmalen Brücke und fuhren in ein langgedehntes grünes Tal, das parallel zum Fuß des Berges verlief. Das Tal war in kleine Rechtecke aufgeteilt aus Feldern und Weiden und Farmen, die sich in der Ferne verloren. Der Fluß verlief an einer Seite des Tals, wo ein dunkles Band aus Erlen, Bambus und Lorbeer seinen Lauf markierte. Auf der anderen Seite erhob sich der Berg jäh aus dem saftigen, bestellten Talboden. Jim war noch nie in den Sinn gekommen, daß es eine Stelle geben mußte, an der genau zu sehen war, wo ein Tal aufhörte und ein Berg anfing. Er sah sich die Baumreihe an der Stelle, wo die beiden aufeinandertrafen, näher an.

Kurz vor dem Ende des Tals verlagerte sich das Flußbett dichter und dichter an die Straße und machte dann unvermittelt einen scharfen Knick zum Berg hin; auch die Straße machte den Knick und folgte dem Fluß. Vor dem Laster verschwand die Straße nun zwischen Bäumen, die aussahen, als bildeten sie eine undurchdringliche Wand. Wieder beugte sich Jim vor und verdrehte den Kopf, aber er konnte die Kammlinie nicht mehr sehen. Onkel Zeno sah Jim an und grinste und schon wurden sie vom Schatten des Waldes verschluckt.

Sehr zu Jims Überraschung führte die Straße in einem eleganten Bogen in den kühlen grünen Wald und verlief, so weit er gucken konnte, ohne anzusteigen geradeaus. Die dicken Stämme der Bäume ragten wie Säulen aus einem moosweichen Farnbett auf; erst weit über dem Boden sprossen die Äste. Links der Straße gurgelte der Fluß munter in einem Bett aus kleinen, rundgeschliffenen Steinen. Ein Blauhäher blitzte hell, laut schimpfend, vor dem Laster auf und war so schnell wieder verschwunden, wie er aufgetaucht war.

„Ist mein Papa diese Straße entlanggegangen?“ fragte Jim.

„Dies ist der einzige Weg, der diesseits vom Berg herunterführt“, sagte Onkel Zeno. „Dies ist der Weg, auf dem dein Papa nach Aliceville gelaufen ist.“

Die Straße wandte sich vom Fluß ab und führte ganz allmählich bergauf in den Wald.

„Er hat diese Gegend geliebt“, sagte Onkel Zeno. „Ich glaube nicht, daß er je darüber hinweggekommen ist, daß er sie verlassen mußte. Er ist nur weggegangen, weil es nicht anders ging.“

Jim schaute eifrig aus dem Fenster, um möglichst viel von dem zu sehen, was sein Vater gesehen hatte. Er dachte: *Unter diesen Bäumen ist mein Papa gegangen.* Und er dachte: *Ich wette, auf den Stein hat sich mein Papa gesetzt und ausgeruht.* Jedesmal, wenn sie um eine Kurve fuhren, stellte er sich vor, er würde seinem jungen Vater begegnen, wie er durch den Wald marschierte, seine wenigen Habseligkeiten in einem Futtersack verstaut, den er über der Schulter trug. Jim Glass der Ältere hatte nach dieser Reise nur noch sechs Jahre zu leben gehabt. Er war mit dreiundzwanzig Jahren gestorben.

„Glaubst du, es war ein Geist?“ fragte Jim. „Glaubst du, etwas Böses war hinter meinem Papa her?“

Onkel Zeno schob die Lippen vor und zog die Stirn kraus.

„Nein“, sagte er nach einer Pause. „Ich glaube nicht, daß etwas Böses hinter deinem Vater her war. Ich glaube, dein Papa hatte ein krankes Herz. Ich glaube, sein Herz hat aufgehört zu schlagen, und da ist er gestorben. Das ist alles, was ich glaube. Und alles, was ich glauben will.“

Die Straße wurde holperiger und unwegsamer; sie stieg steil an und machte eine Kehrtwende. Dann kam ihnen eine Serpentine nach der anderen entgegen, und jede war enger als die vorige; zwischen den Haarnadelkurven strebte die Straße verzweifelt bergan. Onkel Zeno schaltete in den niedrigsten Gang runter. Onkel Coran und Onkel Al rutschten vorsichtig von ihren Stühlen und setzten sich auf die Ladefläche. Jim wurde ein wenig flau im Magen.

Die Farne, aus denen die Bäume emporwuchsen, wurden durch eine dichte Lorbeer- und Rhododendronwand ersetzt, deren dunkles Laub im Fahrtwind raschelte, wenn der Laster vorüberfuhr. Hinter einer Kurve plätscherte ein kleiner Bach über die Straße; als sie durchfuhren, lachte er und verschwand in das Lorbeergestrüpp auf der anderen Seite. Mit der Zeit bekam Jim den Eindruck, daß ein Teil des Himmels inzwischen unter ihnen lag, obwohl das dichte Gestrüpp keinen Blick in die Ferne seitlich der Bergwand freigab.

„Sind wir oben in der Luft?" fragte er.

„Bald ja", sagte Onkel Zeno.

Schließlich krochen sie um eine letzte gewundene Kurve bergan und fuhren hinaus in ein Hochtal, das sich zwischen dem Gipfel des Lynn's Mountain auf der einen Seite und einem flachen Kamm auf der anderen Seite erstreckte. Der Jagger Creek mäanderte zwischen dem Gipfel und dem Kamm durch das Tal, als sei es für einen Fluß das Natürlichste von der Welt, quer über einen Berg zu fließen. Hoch oben über dem Tal blühten Rhododendron- und Lorbeersträucher vor dem leuchtenden Grün der Bäume. Der Berghang und der Kamm waren lavendelblau und weiß gesprenkelt. Onkel Zeno fuhr langsamer und deutete auf einen wilden Kirschbaum, der vor der Kammwand blühte. Von unten aus der Ferne gesehen verschwand der Umriß der Kammlinie vor der größeren Form des Bergs; das Tal, durch das sie jetzt fuhren, war dem Blick verborgen. Oben auf dem Berg herrschte noch später Frühling; daheim in Aliceville war längst der Sommer ausgebrochen.

Unter dem Gipfel öffneten sich steilwandige, durch spitze Kämme voneinander abgesetzte Furchen, die sich zum Tal hin weiteten. Aus jeder der Furchen floß ein kleiner Bach und vereinigte sich mit dem größeren Fluß; in jeder Furche führte ein schmaler Pfad bergauf. Jim verfolgte die Wege so weit er sehen konnte nach oben. Das erste Haus, das er erspähte, war eine Blockhütte mit einem gefegten Hof, der von einem Holzzaun aus halben Stangen eingefriedet war. In der Tür stand eine Frau mit einem Kind auf dem Arm. Auf dem Feld neben dem Haus düngte ein großer, hagerer Mann hinter einem Ochsengespann ein Maisfeld. Jim hängte sich aus dem Fenster und blickte lange zurück.

Am Ende des Tals hinter dem Kamm klaffte unterhalb der Straße eine kahle Stelle in der Bergwand. Jim beugte sich über Onkel Zeno, um in die Welt hinauszuschauen, doch ehe er wirklich etwas sehen konnte, kehrte sich die Straße vom Himmel ab und führte weiter in die Höhe.

„Können wir da auf dem Heimweg anhalten?" fragte er.

„Mal sehen", sagte Onkel Zeno.

Sie kamen an einem Kramladen, einer Kirche, einem kleinen Postamt und der einklassigen Schule vorbei, in der die Bergjungs unterrichtet worden waren, bis sie zugemacht hatte. Eine Meile hinter der Schule fuhren sie um eine Kurve und kamen an ein Sägewerk. Onkel Zeno verließ die Fahrbahn und hielt an. Auf der einen Seite des Sägeschuppens waren Hartholzstämme aufgestapelt, und auf der andern lag frischgeschnittenes Holz. Aus dem Schuppen drang das Dröhnen eines ungedämpften Benzinmotors und das hohe Kreischen eines Sägeblatts, das sich durch Holz hindurchbeißt. Vom dunklen Eingang kam Mr. Carson über den aufgeweichten, tief zerfurchten Vorplatz auf sie zu. Er trug eine Arbeitshose und ein ausgeblichenes Segeltuchhemd. Seine Hosenbeine verschwanden in hohen, verdreckten Holzfällerstiefeln.

„Das ist Penns Papa", sagte Jim.

„Dies ist sein Sägewerk", sagte Onkel Zeno.

Mr. Carson trat an den Laster, begrüßte Onkel Coran und Onkel Al und schaute zu Jims Fenster herein. In seinem langen schwarzen Bart hingen wie zur Verzierung allerlei Holzsplitter; er roch nach Benzin und Schweiß und würzigem Baumharz.

„Zeno", sagte er.

„Radford", sagte Onkel Zeno.

Dann ergriff Mr. Carson Jims Hand und drückte sie für Jims Gefühl ein wenig zu fest.

„Hey, Mr. Carson", sagte er und versuchte seinen Schmerz nicht zu zeigen.

„Ich dank dir, daß du Penn besuchen kommst", sagte Mr. Carson und sah Jim dabei lange und scheinbar finster an.

Jim erwiderte seinen Blick, und zu seinem Erstaunen stiegen Mr. Carson Tränen in die Augen und kullerten über den Rand. Sie sausten über seine Wangen und verschwanden im Bart, als wäre irgendwas hinter ihnen her. Mitten in dem schwarzen Bart begann Mr. Carsons rote Unterlippe zu beben.

„Mein Sohn ...", setzte er an. „Penn ..." Er drehte sich um und fuhr mit abgewandtem Gesicht fort: „... hält große Stücke auf dich."

Er zog ein rotes Schweißtuch aus seiner Gesäßtasche und schneuzte sich laut. Jim sah zu Onkel Zeno auf. Onkel Zeno legte einen Finger auf die Lippen. Mr. Carson drehte sich wieder zum Laster hin um und schüttelte den Kopf.

„Menschenskind", sagte er. „Seit Penn krank geworden ist, kann man mich wegschmeißen."

„Das mit Penn ist furchtbar", sagte Onkel Zeno.

„Man ist so machtlos dagegen", sagte Mr. Carson. „Das macht es mir so schwer. Es ist nichts, worauf man mit einem Gewehr schießen kann."

Mr. Carson stieg auf das Trittbrett des Lasters und schlug mit den Fingerknöcheln an die Tür.

„Zum Henker damit", sagte er. „Fahren wir."

Onkel Zeno bog vom Vorplatz des Sägewerks wieder auf die Straße. Sie fuhren an mehreren Blockhütten und Holzhäuschen vorbei, und dann hielt Onkel Zeno auf dem freien Platz vor einem großen, zweistöckigen Blockhaus, das ein ganzes Stück von der Straße ab in einem hohen Pappelhain lag.

Mr. Carson sprang vom Trittbrett. „Ich sag Penn Bescheid, daß du da bist", sagte er.

Er lief mit großen Schritten durch den Garten und sprang zwei Stufen auf einmal die Treppe hoch. Jim steckte die Hand in seinen Baseballhandschuh. Ihm saß das Herz in der Hose.

Onkel Coran und Onkel Al kletterten von der Ladefläche. Onkel Zeno stieg aus dem Führerhäuschen und machte die Tür zu. Onkel Al rieb sich den Hintern.

„Mann, Zeno", sagte er. „Kannst du wirklich nicht besser fahren?"

„Ich finde, dafür, daß ich im letzten Jahrhundert geboren bin, hab ich meine Sache nicht schlecht gemacht."

„Für jemand, der nicht fahren kann, war es ganz gut", sagte Onkel Al.

Jim schleppte sich aus dem Lastwagen.

Onkel Coran zeigte auf ihn. „Wer ist das?" fragte er.

Jim mochte nicht einmal seinen Namen aussprechen.

„Jungs", sagte Onkel Zeno, „was haltet ihr davon, daß wir uns ein bißchen die Beine vertreten? Wie wär's, wenn wir das Stück zurücklaufen und uns Radfords Laden ansehen?"

Onkel Al rieb sich abermals den Hintern.

„Besser als sitzen", sagte er.

„Ach, geht doch lieber nicht weg", sagte Jim.

„Eh du dich versiehst, sind wir wieder da", sagte Onkel Coran.

„Ich weiß immer noch nicht, was ich sagen soll", sagte Jim. „Was soll ich zu ihm sagen?"

„Du wirst es wissen", sagte Onkel Zeno und wandte sich mit einem Winken zum Gehen.

Jim saß auf dem Trittbrett und stierte unglücklich zu Penns Haus hinüber. Es war zwar ein Blockhaus, aber es war viel, viel größer als er erwartet hatte. Das Haus war zu beiden Seiten von je einem hohen Natursteinschornstein eingerahmt; vor der Vorderfront erstreckte sich eine Veranda, deren Geländer aus gewundenen Lorbeerästen gebaut war; über der Veranda lagen sechs große Fenster. In sorgsam gepflegten Beeten zu Füßen des Hauses blühten rote und gelbe Blumen, und von der Veranda führte ein Gehweg aus großen flachen Steinen durch den Garten.

Jim hatte Penn nie danach gefragt, wie sein Haus aussah, und er hatte sich irgendwie eine Einzimmerhütte im Wald an einem steilen Berghang vorgestellt, vor deren Tür die Welt jäh und gefährlich abstürzte. Er hatte immer angenommen, das Haus, in dem er wohnte, sei größer und schöner als Penns, und hatte sich in Zeiten, wenn Penn drohte, ihm zu sehr Konkurrenz zu machen, insgeheim mit diesem Gedanken getröstet.

Er stand auf und sah die Straße hinunter. Die Onkel waren bereits um die Kurve verschwunden. Er kickte einen Stein weg, ging hinterher und kickte ihn wieder weg. Er fragte sich, ob Penn ihm vom Haus aus zusah. Er fragte sich, ob Penn ihn überhaupt sehen wollte. Er warf seinen Ball in die Luft und fing ihn wieder auf. Er nahm ihn aus seinem Handschuh und studierte die mit rotem Faden vernähte Naht, als verberge sie ein Geheimnis.

Die Haustür ging auf, und eine Frau, von der Jim annahm, daß sie Penns Mutter sein müsse, ging die Treppe hinunter und durch den Garten. Sie lächelte strahlend und winkte. Sie trug ein himmelblaues Kleid und eine weiße Schürze. Ihr kupferrotes Haar war lose im Nacken zusammengefaßt. Jim winkte zurück. Als sie näher kam, erkannte er, daß sie zwar nicht so hübsch war wie Mama, irgendwas in ihrem Gesicht aber machte, daß sie netter anzusehen war. Ihre Haut war über und über voller Sommersprossen, und ihr Lächeln, das ein wenig schief war, war so einladend, daß Jim es erwidern mußte. Sie nahm seine rechte Hand in ihre beiden Hände und hielt sie fest, während sie ihn musterte. Ihre Hände waren warm und weich. Jim spürte, wie er rot wurde.

„Jim Glass“, sagte sie mit einem angenehmen, wenn auch fremden Akzent. „Ich freue mich so, dich kennenzulernen. Penn spricht mit großer Zuneigung von dir.“

„Vielen Dank, Ma'am“, sagte Jim. „Ich freue mich auch, Sie kennenzulernen.“

Sie legte ihm einen Arm um die Schulter und führte ihn durch den Garten auf die Veranda. Sie traten in einen hell gestrichenen Flur, der quer zum Giebel durchs Haus verlief. Hinter einer Tür sah Jim ein Wohnzimmer mit Sonntagsmöbeln und einem Klavier; in dem Zimmer gegenüber sah er ein hohes Bett mit einem Himmel darüber. Auf halbem Weg zwischen der Vorder- und der Hintertür hing rechts und links je eine Photographie. Auf dem einen Bild standen Penn und Mrs. Carson auf den Stufen vor einem großen Backsteingebäude mit einem Glockenturm. Penn trug ein weißes Hemd und einen Schlips. Das Gebäude kam Jim bekannt vor.

„Weißt du, wo das ist?“ fragte Mrs. Carson.

„Nein, Ma'am.“

„Das ist die Independence Hall in Philadelphia. Dort wurde die Unabhängigkeitserklärung unterzeichnet. Wir waren letzten Sommer dort.“

Jim riß den Mund auf und zeigte auf Penn. „Über die Stufen sind Benjamin Franklin und Thomas Jefferson gegangen?“

Mrs. Carson lächelte. „Ja, über die Stufen sind sie gegangen. Vor langer, langer Zeit.“

„Und das ist die Stadt, wo Sie herkommen?“

„Jawohl. Ich bin in einem Haus nicht weit von dort aufgewachsen. Ich bin eigentlich nur für ein Jahr als Lehrerin hergekommen und habe hier Penns Vater kennengelernt.“

Auf dem anderen Photo grinsten Penn und Mr. Carson übermütig von einer Plattform, die am Rand der Welt zu liegen schien. Nur ein eisernes Geländer trennte sie von dem gähnenden Abgrund. Mr. Carsons Bart wurde von einem steifen Wind zur Seite geweht. Penn schielte ängstlich in die Schlucht. Tief unter ihnen erstreckte sich eine gigantische Stadt, bis sie in grauem Dunst verschwand. Jim hatte sich nie vorgestellt, daß eine Stadt so groß sein könnte.

„Poah“, sagte er. „Wo ist das?“

„Das ist New York. Das Empire State Building“, sagte Mrs. Carson. „Ich wollte unbedingt, daß Radford und Penn Manhattan zu sehen bekamen. Ich glaube, sie haben die ganze Zeit dort den Mund nicht zugekriegt.“

Jim sah zu Mrs. Carson hinauf und blinzelte. Er hätte ihr gern irgend etwas Wichtiges erzählt, aber ihm fiel nichts ein. Er fühlte sich auf einmal ganz klein und unbedeutend.

„Warum leben Sie denn hier?“ fragte er.

Mrs. Carson machte ein verblüfftes Gesicht. „Weil wir hier zu Hause sind“, sagte sie.

„Ach so“, sagte Jim.

Er folgte ihr durch die Hintertür auf eine überdachte, ungepflasterte Terrasse. Der Garten fiel zu einem kleinen Bach hin ab. Am Bach standen zwei Schaukelstühle, und in einem von ihnen saß Penn. Jim blieb unsicher auf der obersten Stufe stehen.

„Wie geht's ihm denn?" fragte er.

Mrs. Carson neigte den Kopf zu einer Seite und lächelte Jim zu, als wäre er derjenige, den sie bedauerte.

„Ich glaube, es geht ihm prima", sagte sie. „Geh doch einfach hin und schau selbst. Er wartet schon auf dich."

Jim stapfte die Stufen hinunter in den Garten. Er war der ganzen Welt böse. Er war wütend auf die Onkel, weil sie ihn hier hinaufgebracht hatten, und wütend auf Mama, weil sie die Erlaubnis zur Fahrt gegeben hatte. Er überlegte, ob er nicht lieber im Laster darauf warten wollte, daß die Onkel wiederkamen, aber seine Beine trugen ihn unaufhaltsam weiter durch den Garten. Penn war schon oben auf dem Empire State Building gewesen. Penn war schon in der Independence Hall gewesen. Jim hatte keine Vorstellung, was er zu einem Jungen sagen sollte, der solche Dinge gesehen hatte wie Penn. Und er hatte keine Vorstellung, was er zu einem Jungen sagen sollte, der Kinderlähmung hatte. Als er an die Schaukelstühle kam, sackte ihm der Magen durch wie bei einem Sprung aus großer Höhe. Er holte tief Luft und drehte sich um.

„Hey, Penn", sagte er.

„Hey, Jim", sagte Penn.

Die beiden Jungen sahen sich an und grinsten, dann schüttelten sie sich verlegen die Hand, als würden sie von einem Erwachsenen dazu angehalten. Ehe er sich bremsen konnte, wanderte Jims Blick zu Penns Beinen hinunter. Penn schlug sich zweimal mit der offenen Hand auf das rechte Bein.

„Es ist dieses hier", sagte er. „Dieses Bein kann ich nicht bewegen."

„Oh", sagte Jim. „Das tut mir leid."

Penn zuckte die Achseln. „Halb so wild", sagte er. „Es könnte viel schlimmer sein." Er trat mit dem linken Bein kräftig in die Luft. „Dieses ist in Ordnung."

„Zuerst haben unten in der Stadt alle gemeint, du müßtest sterben."

„Das haben sie hier oben auch gemeint."

„Hast du gedacht, daß du sterben müßtest?"

„Ich glaub nicht. Ich weiß es nicht mehr."

Jim rollte einen Stock mit seiner Fußspitze vor und zurück. „Mußt du ...?"

„Vielleicht", sagte Penn.

„Wirklich?"

„Der Doktor in Winston-Salem sagt, es könnte wiederkommen. Das kann man nie wissen."

„Oh."

„Man gewöhnt sich aber dran."

„Wie fühlt es sich an?"

„Manchmal tut es weh. Meistens ist es bloß wie eingeschlafen."

Penn schlug sich abermals aufs Bein und starrte es an. Jim starrte ebenfalls drauf.

„Na ja", sagte Penn.

„Na ja", sagte Jim.

„Warum hast du deinen Baseballhandschuh mitgebracht?" fragte Penn.

Jim sah seinen Handschuh an, als wäre er an seiner Hand festgewachsen, ohne daß er es gemerkt hatte. Er zuckte die Achseln und zog ihn aus.

„Willst du ihn mal anziehen?"

Penn biß sich auf die Unterlippe und überlegte.

„Vielleicht einen Augenblick."

Penn machte den Druckknopf am Handschuh auf und zu. Er hielt ihn sich ans Gesicht und roch daran. Er schlug den Ball mit Wucht in den Handschuh. Jim stand auf und ging einen Schritt zurück und streckte die Hände aus. Penn warf ihm den Ball zu. Jim warf ihn zu Penn zurück. Er sprang seitlich am Handschuh ab und kullerte zu Boden.

„Ich hol ihn", sagte Jim.

„Ich hab nicht richtig gefangen", sagte Penn. „Kann vorkommen."

Sie warfen den Ball mehrmals hin und her, ohne etwas zu sagen. Penn fing ihn jedesmal.

„Außer diesem Bein geht alles prima", sagte er.

Er warf Jim den Ball ein wenig härter zu.

„Weißt du noch neulich unten in Aliceville?" fragte Jim.

Penn fing den Ball und hielt ihn fest. Er sah auf ihn hinunter und runzelte die Stirn.

„Ich will nicht drüber reden", sagte er.

„Wo Ty Cobb im Carolina Moon war und so, da hätte ich dir den Handschuh geben sollen."

„Ist schon gut", sagte Penn, ohne aufzusehen. „Es ist dein Handschuh."

„Nein, ich hätte nicht so egoistisch sein dürfen", sagte Jim. „Wenn ich nicht so egoistisch gewesen wäre, hätte Ty Cobb uns beide spielen sehen können."

„Hör auf, Jim", sagte Penn.

„Ich will mich doch bloß bei dir entschuldigen."

Penn beugte sich vor und legte sein Gesicht in den Handschuh. Er holte tief Luft, und seine Schultern fingen an zu beben.

„Penn? Was hast du?"

„Er hat gesehen, wie ich hingefallen bin!" heulte Penn in den Handschuh. „Ty Cobb hat gesehen, wie ich in den Dreck gefallen bin!"

Jim lief zu ihm und klopfte ihm auf den Rücken.

„Nein, bestimmt nicht", sagte er. „Ty Cobb hat nicht gesehen, wie du hingefallen bist. Wetten, daß es nicht mal Ty Cobb war? Wetten, daß es bloß jemand war, der Ty Cobb ähnlich sah? Und selbst wenn er es war, hat er wahrscheinlich gar nicht aus dem Fenster geguckt."

Penn stieß Jims Arm weg.

„Er war es doch!" sagte er. „Und das weißt du genau!"

Jim spürte plötzlich, wie ihm die Hitze vom Hals ins Gesicht stieg und dann aus dem Scheitel wich. Er hatte das Gefühl, als müßte er weinen. Doch als er das Gesicht verzog, kamen keine Tränen. Er rieb sich die Augen mit den Fäusten, aber seine Augen blieben trocken.

„Ich wollte ja bloß sagen, daß du ein besserer Baseballspieler bist als ich", sagte Jim. „Ich hätte dich den Handschuh haben lassen sollen."

„Ich hab dir gesagt, daß ich nicht drüber reden will! Wie oft muß ich dir das noch sagen? Kannst du nicht hören? Bist du taub?"

Jim machte den Mund auf, um Penn zu sagen, daß er nicht taub sei, aber da fiel ihm wieder ein, daß Penn Kinderlähmung hatte. Er sah hilfesuchend nach oben zum Haus, aber die Hintertür blieb geschlossen. Er setzte sich neben Penn und schaukelte. Ihm fiel niemand auf der ganzen Welt ein, auf den er nicht böse war.

Nach einer Weile richtete sich Penn auf und lehnte sich schwer atmend zurück. Sein Gesicht war rot und fleckig. Er wischte sich mit dem rechten Handrücken die Augen.

„Entschuldigung", sagte er.

„Wofür?" fragte Jim.

„Dafür daß ich so geheult hab."

„Das ist okay."

„Das ist nicht okay. Ich bin kein Baby."

„Ich hab nicht gesagt, daß du ein Baby bist."

„Ich bin bloß müde. Ich weine nie, außer wenn ich sehr, sehr müde bin."

„Ich bin auch müde", sagte Jim. „Es war eine lange Fahrt." Er gähnte übertrieben, machte die Augen zu und lehnte sich im Schaukelstuhl zurück.

„Komm, wir ruhen uns einen Augenblick aus", sagte Penn. „Dann können wir weiterreden."

„Okay."

Nach einigen Minuten öffneten sich die Finger an Penns Wurfhand, und der Ball plumpste mit einem dumpfen Geräusch zu Boden. Jim stand auf und ging an den Bach. Auf dem sandigen Grund tummelten sich Wasserschnecken. Er hob ein Blatt auf und ließ es in die Strömung fallen. Der Schatten des Blattes glitt über die Schnecken wie der Schatten einer Wolke. Als er den Blick wandte, sah er hinter einem Rhododendronstrauch am Bachufer einen Rollstuhl stehen. Er zuckte zusammen, als hätte ihn ein Tier erschreckt. Rasch lief er zu den Schaukelstühlen zurück und schaute auf Penn hinunter.

Penns Gesicht war noch gerötet, doch nun lächelte er leicht im Schlaf. Sein Atem ging pfeifend mit einem abfallenden Ton durch die Nase. Jim streckte vorsichtig die Hand aus und berührte den Baseballhandschuh mit einem Finger. Er hob den Baseball auf und warf ihn, sein tröstliches Gewicht genießend, ein paarmal von einer Hand zur andern und legte ihn dann in die Mulde im Handschuh. Er schlich auf Zehenspitzen davon, sah sich noch einmal um und rannte los.

Onkel Zeno lenkte den Laster wieder auf die Straße. Jim ließ sich gegen die Tür fallen.

„Bist du krank, Doc?" fragte Onkel Zeno.

Jim machte die Augen nicht auf.

„Bloß müde, mehr nicht."

„Wie geht es Penn?"

„Prima."

„Wo waren denn alle?"

„Sie sind alle hinten im Garten", sagte Jim. „Ich hab mich hinten von ihnen verabschiedet."

„Ach so", sagte Onkel Zeno und sah Jim aus den Augenwinkeln an. „Wo ist dein Handschuh? Hast du deinen Handschuh vergessen?"

Jim schüttelte langsam den Kopf.

„Ich hab ihn Penn geschenkt", sagte er.

An Onkel Zenos Kiefer straffte sich flüchtig ein Muskelstrang. Er nahm den Fuß vom Gas, trat das Pedal jedoch gleich wieder durch.

„Ach so", sagte er. „Hat Penn sich gefreut?"

„Ja, Sir", sagte Jim. „Er hat sich unheimlich gefreut."

Jim wußte nicht, was ihm mehr zu schaffen machte, die Tatsache, daß er Penn seinen Baseballhandschuh geschenkt hatte oder seine bevorstehende Begegnung mit dem Großvater. In Jims Phantasie hatte Amos Glass stets im gleichen Raum mit all den anderen finsteren Gestalten existiert, die die Geschichten seiner Mutter bevölkerten, im gleichen Raum mit den Geistern und Kobolden und Mördern, die durch die Welt streiften und nach unartigen kleinen Jungen suchten, um sie zu fangen und zu entführen – gleich neben Pharao, Bloody Bones und Blackbeard. Mama hatte geschworen, daß sie Amos Glass nie in seine Nähe lassen würde, genau wie sie ihm immer versprochen hatte, daß ihn, solange er brav war, niemand Böses holen kommen würde. Doch jetzt, da er auf dem Weg zum Haus von Amos Glass war, schien es ihm, als wäre die Tür zu dem Raum plötzlich aufgesperrt. Woher sollte Jim wissen, ob nicht beim nächstenmal, wenn er ins Bett ging, das Gesicht von Bloody Bones vor seinem Fenster auftauchte oder ein Jaguar seinen Namen rief?

„Was hat meinen Großvater so böse gemacht?" fragte er.

„Hmmm", machte Onkel Zeno. „Das ist schwer zu sagen. Ich denke, jeder von uns hat Böses in sich, aber die meisten von uns halten es im Innern versteckt und lassen es nicht raus. Die meisten von uns schaffen es, die Dinge nicht zu sagen, die wir nicht sagen sollten, und die Dinge nicht zu tun, die wir nicht tun sollten."

„Hast du auch Böses in dir?"

„Ein bißchen."

„Meinst du, ich könnte ein böser Mensch werden?"

Onkel Zeno drohte Jim spielerisch mit der Faust.

„Wenn, dann kriegst du es mit mir zu tun."

Jim mußte beinahe lächeln. Er schob Onkel Zenos Arm weg.

„Ich will bloß nicht so werden wie mein Großvater", sagte er.

„Weißt du, warum dein Großvater so geworden ist?"

„Weil er ein Schwarzbrenner war?"

„Unter anderem, ja", sagte Onkel Zeno. „Weißt du, warum Leute Ärger kriegen, wenn sie Whiskey schwarz brennen? Weil jeder, der Schnaps brennt, für jede Gallone, die er brennt, eine Steuer an den Staat zahlen muß."

„Ach so."

„Und wenn er die Steuer nicht zahlt, kommt der Fiskus und legt seine Brennerei still und steckt ihn ins Gefängnis. Nun hat sich früher der Fiskus im großen und ganzen nicht um die Leute auf dem Berg geschert, und die Leute auf dem Berg haben dafür den Fiskus in Frieden gelassen. Sonst kam es auf beiden Seiten leicht zu Schießereien.

Was deinen Großvater ins Unglück gestürzt hat, war, daß er nicht wußte, wo seine Grenze war. Er stellte einen ganz besonderen Schwarzbrand her, der hieß Cherry Bounce und wurde so gern getrunken, daß die Leute selbst aus Charlotte und Spartanburg und Columbia und von noch weiter her anreisten, bloß um ein paar Flaschen bei ihm zu kaufen. Und Amos war fleißig, das muß man ihm lassen. Sobald auf dem Lynn's Mountain ein Baum mit Wildkirschen reif wurde, war Amos Glass zur Stelle, um sie zu pflücken. Er arbeitete Tag und Nacht, um Whiskey zu brennen, und mit der Zeit wurde er reich. Zum Verhängnis wurde ihm, daß er, als er einmal reich geworden war, noch reicher werden wollte. Deshalb baute er hier oben auf dem Berg mitten auf freiem Feld, direkt gegenüber von seinem Haus, eine große Brennerei. Sie war ein großer Backsteinbau mit Kupferkolben, die er sich von irgendwo weit aus dem Norden anliefern ließ.

Natürlich hörte der Fiskus von dem, was Amos da auf die Beine stellte. Da sie keine andere Wahl hatten, als ihn zur Rechenschaft zu ziehen, schickten sie einige ihrer besten Beamten hier rauf, um ihn zu stellen. Doch nach wenigen Tagen kamen die Jungs mit leeren Händen und halb zu Tode geängstigt zurück. Amos hatte sie gefangengenommen und gefesselt und ihnen gesagt, über den Berg wär eine Blockade verhängt. Ihrem Chef ließ er mitteilen, der nächste Mann, den der Fiskus schickte, würde nicht lebendig wiederkommen. Und als wär das nicht schlimm genug, verkündete er in einem Brief an eine Zeitung in Charlotte, der Lynn's Mountain hätte sich von den Vereinigten Staaten abgespalten und wär jetzt ein unabhängiger Staat."

„Wie im Bürgerkrieg zwischen dem Süden und dem Norden?"

„Genau so. Amos hielt es für sein von Gott gegebenes Recht, Cherry Bounce zu brennen. Er meinte, dazu hätte Gott überhaupt die Kirschbäume auf *seinem* Berg gepflanzt. Er wollte sich nicht vom Staat sagen lassen, was er zu tun und zu lassen hätte, und er dachte, alle anderen haßten den Staat genauso wie er. Er dachte, wenn er eine Rebellion anzettelte, würde sich die ganze Gegend mit ihm erheben und kämpfen wie die Konföderierten anno '61. Amos hatte als Hauptmann unter Jeb Stuart gedient und war immer noch wütend darüber, wie die Sache beim ersten Mal ausgegangen war."

„Und dann?"

„Na ja, dann hat sich rausgestellt, daß sich niemand außer dem Fiskus für ihn interessierte. Seinen Schnaps mochten die Leute, aber auf ihn als Person gaben sie nicht viel. Sie fürchteten Amos, aber das heißt nicht, daß sie ihn mochten. Außerdem waren im Krieg viele vom Berg für den Norden gewesen. Und viele dachten einfach, er wäre verrückt geworden. So schlossen sich nur ein paar alte Kameraden, Männer, die ohnehin bei Amos arbeiteten, um ihren Lebensunterhalt zu verdienen, vor allem aus der Gentine-Familie, seiner kleinen Streitmacht an und luden ihre Schrotflinten und warteten darauf, daß der Fiskus anrückte."

„Und, ist er angerückt?"

„Ja, das kann man wohl sagen. Seit Amos die Beamten gefangengenommen und den Brief an die Zeitung geschrieben hatte, hatten der Fiskus und der Gouverneur und alle anderen Gift und Galle gespuckt. Sie waren mit ihrer Geduld am Ende, und sie schickten ihm fünfundsiebzig Bundespolizisten und ein Gatling-Maschinengewehr auf den Berg."

„Und ist es zum Krieg gekommen?"

„Das kann man wohl nicht recht sagen, Doc. Amos und seine Jungs haben die Straße verbarrikadiert und auf die Feinde gewartet, aber als die Gentines sahen, mit wieviel Mann hoch der Fiskus anrückte, und dann noch das Maschinengewehr erblickten, beschlossen sie, daß sie sich doch lieber nicht von den Vereinigten Staaten abspalten wollten. Sie sind allesamt einfach in den

Wald verschwunden. Der alte Amos wußte, was die Stunde geschlagen hatte, und versuchte sich zu verstecken, aber er war alt, und keiner stand ihm bei, und binnen weniger Tage hatte der Fiskus sein Versteck in einem Maisspeicher gefunden. Sie brachten ihn in Fesseln in sein Haus und steckten vor seinen Augen die Brennerei an. Dein Papa hat erzählt, daß es seine früheste Erinnerung war, wie sie dem Feuer zugeguckt haben. Das war 1904, und er war noch ein kleiner Knirps. Das ist wahrscheinlich der Grund, weshalb der Fiskus nicht auch noch das Haus abgebrannt hat. Sie wollten einer Frau und einem kleinen Kind nicht das Dach über dem Kopf nehmen. Amos verfrachteten sie ins Tal und verurteilten ihn zu lebenslänglich, aber nach neun Jahren ließen sie ihn wieder raus."

„Und war er immer noch böse, als er rauskam?"

„Vielleicht eher noch böser als vorher. Amos hat sich in Atlanta nicht verändert, außer daß er älter wurde und daß er sein Händchen fürs Whiskeybrennen verlor. Es heißt, daß er, nachdem er wiedergekommen ist, nicht einen einzigen Schwung Cherry Bounce mehr richtig hingekriegt hat. Entweder hat er ihn nicht heiß genug gebrannt, oder er hat ihn zu heiß gebrannt, jedenfalls kam kein einziger trinkbarer Schluck dabei heraus. Betrunken wurde man von dem Zeug, aber schmecken tat es scheußlich. Viele glauben, das ist der Grund, weshalb er deinen Papa und deine Großmutter so schlecht behandelt hat. Er hatte alles verloren außer seiner Bosheit."

„Mein Papa hat einmal 'n Loch in einen von seinen Brennkolben geschossen", sagte Jim.

„Dein Papa war ein mutiger Mann, Doc. Viele glauben, daß Amos seinerzeit ein paar Männer umgebracht hat, und für weniger als das, was dein Papa mit dem Brennkolben gemacht hat."

Jim dachte an seinen Vater, wie er im Lorbeerwald gehockt und in aller Ruhe auf Amos' Brennkolben gezielt hatte, und ihm schwoll die Brust vor Stolz und Mut.

„Mein Papa hat vor nichts und niemand Angst gehabt", verkündete er.

„Hast du Angst vor Amos Glass?" fragte Onkel Zeno.

„Nö", log Jim.

„Gut. Wir sind nämlich da."

Jim richtete sich jäh auf und sah sich um. Sie fuhren durch einen kühlen Hemlock- und Lorbeerwald mit verstreuten hohen Bergkiefern, aber ein Haus war nirgends zu sehen. Vor ihnen führte die Straße durch einen breiten, plätschernden Bach. Mitten in der Furt hielt Onkel Zeno den Laster an. Von weiter unten drang das hohle Dröhnen eines Wasserfalls empor. Stromauf lag ein großes grünes Wasserbecken, das nach einem schönen Flecken zum Schwimmen und zum Angeln aussah. Am entfernten Ende des Beckens, am seichten Ufer vor blühenden Lorbeersträuchern, war das Wasser schlammig aufgewühlt.

„Dies ist der Jagger Creek, Doc", sagte Onkel Zeno. „Er entspringt dort oben aus drei Quellen. Und es sieht so aus, als wär gerade was aus dem Wasser geschlichen und hätte sich im Lorbeer versteckt."

„Was meinst du, was das war?" fragte Jim.

„Keine Ahnung", sagte Onkel Zeno und fuhr aus dem Bach auf das andere Ufer.

Hinter der nächsten Kurve lag mit der Giebelseite zur Straße ein langes, ungestrichenes, zusammengeschustertes Haus. Onkel Zeno hielt noch einmal kurz an, ehe sie auf den Vorplatz fuhren. Der Vorplatz war mit Besenried und Traubenkraut überwuchert und mittendrin hockte ein uralter verrosteter Lastwagen, ein Reo. Das Haus wirkte verlassen. Es saß geduckt unter einem eingesunkenen Blechdach auf hohen bröckelnden Steinpfeilern. Überall an der Seitenwand hatten sich Bretter gelöst und krumm verzogen wie Späne an einem halb geschnitzten Stock. Es war das längste, seltsamste Haus, das Jim je gesehen hatte. Er hätte es vielleicht zum Lachen gefunden, wenn er nicht gewußt hätte, wer drinnen auf ihn wartete.

„Da wohnt dein Großvater", sagte Onkel Zeno.

„Ja, Sir."

„Er hat das Haus selbst gebaut, gleich nach dem Krieg."

„Warum ist es so lang?"

„Ja, die Leute meinen, Amos hätte gewußt, wie man anfängt

ein Haus zu bauen, aber er hätte nicht gewußt, wie man wieder aufhört."

„Aha."

„Amos hat immer gesagt, es wäre ein Stockwerk hoch und fünf Stockwerke lang."

„Ist das das Haus, in dem mein Papa geboren wurde?"

„Ja, das ist es. Da hat er gewohnt, bis er vom Berg weggegangen ist."

„Ist mein Großvater da jetzt drinnen?"

„Ich denke schon. Ich hab gehört, er soll schwerkrank sein. Bist du bereit?"

Bevor Jim antworten konnte, huschten zwei langbeinige Mädchen von vierzehn oder fünfzehn Jahren aus dem Lorbeergestrüpp und sprangen leichtfüßig zur Rückseite des Hauses. Ihre Haare waren naß und zerzaust, und ihre Kleider klebten beim Laufen an ihren Beinen.

„Ich hab sie zuerst gesehen", rief Onkel Coran von der Ladefläche.

„Jetzt wissen wir, was da im Wasser geschwommen hat", sagte Onkel Zeno.

„Wer ist das?" fragte Jim.

„Ich habe keine Ahnung, aber ich vermute, wir werden es bald erfahren."

Onkel Zeno stellte den Laster neben dem alten Reo ab. Durch die Fliegentür konnte Jim bis zum rückwärtigen Ende des Hauses sehen, wo die Hintertür ein strahlendhelles Rechteck aus Licht einließ. Zwischen den beiden Türen wirkte das Haus bedrohlich finster. Onkel Zeno drückte auf die Hupe, wartete einen Augenblick, stieg aus und ging um den Laster herum. Von rechts erschien ein Mädchengesicht in der Öffnung der Fliegentür und verschwand so schnell, wie es erschienen war. Von links erschien ein zweites Gesicht, das dem andern bis ins kleinste glich, und verschwand ebenfalls wieder. Onkel Zeno blieb stehen.

„Hallo da im Haus", rief er.

„Wer seid ihr?" fragte eine Mädchenstimme.

„Wer seid ihr?"

„Wir haben zuerst gefragt."

„Ich bin Zeno McBride aus Aliceville. Das auf der Ladefläche sind meine Brüder Coran und Al. Das auf dem Vordersitz ist mein Neffe Jim Glass. Er ist der Enkel von Amos Glass."

„Amos hat keine Enkel nich", sagte eine zweite Stimme.

„Dies ist der Sohn von seinem Sohn Jim", sagte Onkel Zeno.

Aus dem Haus kam keine Antwort.

„Er hat heute Geburtstag", versuchte es Onkel Coran von der Ladefläche.

Aus dem Haus hörte Jim heftiges Flüstern. Die beiden Gesichter tauchten abermals in der Tür auf, verschwanden jedoch sogleich wieder, jedes hinter seiner Wand.

„Amos hat kein Geld", rief das erste Mädchen.

„Und wenn er was versteckt hat, dann schuldet er's unserm Papa dafür, daß wir hier wohnen", sagte das zweite.

„Das hättest du ihnen nicht sagen dürfen", hörte Jim das erste Mädchen zischen.

Onkel Zeno nahm den Hut ab, strich sich die Haare glatt und blickte gen Himmel, als wollte er beten. Dann setzte er sich den Hut wieder auf.

„Jetzt hört mal her", sagte er streng. „Wir sind nicht hergekommen, weil wir Geld brauchen. Selbst wenn der ganze Hof voll Geld wäre, würden wir uns nicht bücken, um es aufzuheben."

Im Innern des Hauses blieb alles still. Schließlich streckten die Mädchen gleichzeitig ihre Köpfe hervor. Sie hatten lange, aber hübsche Gesichter mit braunen Augen und vollen Lippen. Sie sahen sich noch ähnlicher als Onkel Coran und Onkel Al. Sie bissen sich mit den Schneidezähnen auf die Unterlippe, während sie Jim und die Onkel musterten. Jim fand, sie hatten etwas Wildes in ihrem Aussehen. Er mochte gar nicht aus dem Laster steigen.

„Wenn ihr kein Geld wollt, was wollt ihr dann?" fragte das Mädchen zur Linken.

„Wir wollen bloß, daß Jim Amos kennenlernt, ehe es zu spät ist", sagte Onkel Zeno. „Amos und Jim sind die letzten beiden Glasses. Das ist alles."

Die Mädchen überlegten einen Moment, dann drehten sie sich zueinander um und sahen sich an. Nach kurzem Zögern schauten sie wieder hinaus auf den Vorplatz.

„Ihr könnt zu ihm, aber ihr müßt erst noch warten“, sagte das Mädchen zur Rechten.

„Wir sind naß“, sagte das Mädchen zur Linken.

„Sei *still*“, flüsterte das Mädchen zur Rechten.

„Stimmt doch.“

„Wir warten hier draußen“, sagte Onkel Zeno. „Sagt einfach Bescheid, wenn ihr soweit seid.“

Der Giftsumach hatte die Wände der Brennerei so dicht überwuchert, daß sie sich fast nicht mehr von der Umgebung abhoben. Jim sah sie erst, als Onkel Zeno ihre Form mit einem Finger in der Luft nachzeichnete.

„Das ist alles, was noch da ist?“ fragte Jim.

„Das ist alles, was noch übrig ist“, sagte Onkel Zeno. „Amos muß der Anblick verhaßt sein.“

Jim näherte sich dem verfallenen Bauwerk so, als könnten sich die Ranken des Giftsumach ihm entgegenstrecken und ihn umschlingen. Die Tür war unpassierbar, aber zwischen den Ranken über dem Loch, wo einst das Fenster gewesen war, und der niedrigen Fensterbank klaffte eine große Lücke. Er stieg vorsichtig hindurch und stand in einem ehemals langen, schmalen Raum. Ein kleiner Wald aus dürren Pappeln hatte sich durch den Boden emporgearbeitet; es war ein Zementboden gewesen, aber der Zement war bröckelig und schon kräftig mit Erde vermischt. Die Bäume wuchsen einem Rechteck blauen Himmels entgegen, hatten aber noch nicht ganz die Höhe der Mauern erreicht. Die Innenwände waren noch frei von Giftsumach, obwohl erste Auswüchse mit jungen Blättern wie Späher über die Mauern lugten und durch die Fensteröffnungen krochen. Die Sonne schien auf die Blätter der Ranken über den Fenstern an der Südwand und warf grüngetönte Schatten auf den Boden.

Jim quetschte sich durch die Bäume, weil er sehen wollte, ob er die hintere Mauer erreichen konnte. Auf dem Weg versuchte er, sich den Fußboden ohne Bäume vorzustellen. Er versuchte sich ein Dach vorzustellen, das den Boden vom Himmel abschirmte, und seinen Großvater über einem blubbernden Destillierkolben, während der Fiskus mit Fackeln draußen vor der Tür stand, merkte aber, daß die Bilder in seinem Kopf nichts als Schatten waren, vage, schemenhafte Formen, die keine Bedeutung annahmen. Das Gebäude wirkte schlicht zu alt, um je wirklich etwas anderes als eine Ruine gewesen zu sein. Nicht einmal der Satz: *Mein Papa hat dieses Haus abbrennen sehen,* ließ es so erstehen, daß Jim sich jemanden außer sich selbst darin vorzustellen vermochte.

Als er an der Hinterwand ankam, schlug er beide Hände an die Mauer, als hätte er in einem schwierigen Spiel das Mal erreicht. Zu seinen Füßen war der Boden mit verkohlten Holzklumpen, Glassplittern und Tonscherben übersät. Jim hob einen Zementbrocken auf und kratzte „JIM" in die Wand. Er warf den Brocken durch den Vorhang aus Giftsumach vor dem nächstliegenden Fenster. Er hockte sich nieder und füllte sich die Hosentaschen mit Tonscherben, als wären sie das, was er auf seiner langen Fahrt zu finden gehofft hatte. Am anderen Ende das Zimmers tauchte Onkel Zenos Gesicht in der Lücke zwischen den Ranken auf.

„Du mußt jetzt da rauskommen, Doc", sagte er. „Es ist soweit."

Die Mädchen standen barfuß oben an der Treppe, in kindliche Sommerkleider gezwängt, das nasse Haar glatt zurückgekämmt und mit riesigen Schleifen zusammengebunden.

„Ich bin Ada", sagte das Mädchen zur Linken.

„Ich bin Beth", sagte das Mädchen zur Rechten.

„*Reho*beth", sagte Ada.

Beth fuhr wütend zu ihrer Schwester herum.

„Wie in der Bibel", sagte die.

„Hey", sagte Ada und musterte Onkel Coran und Onkel Al. „Seid ihr Zwillinge?"

Onkel Zeno und Onkel Al sahen einander an.

„Nein“, sagte Onkel Zeno.

Über Adas Gesicht huschte der Anflug eines Lächelns. Sie neigte den Kopf langsam zu einer Seite.

„Wie alt seid ihr denn?“ fragte sie.

„Was meinst du denn, wie alt wir sind?“ fragte Onkel Coran.

„Ich will euch nicht vom Thema abbringen“, sagte Onkel Zeno, „aber wer ist euer Vater?“

Onkel Coran zwinkerte Jim zu.

„Robley Gentine“, sagte Beth.

„Dann ist Jim hier euer Vetter. Seine Großmutter Amanda war Robleys Schwester.“

„Das wissen wir“, sagte Beth hoheitsvoll. Sie würdigte Jim keines Blickes.

„Wie kommt es, daß ihr hier wohnt?“ fragte Onkel Al.

„Unser Papa will es so“, sagte Ada. „Wir finden es furchtbar.“

„Stimmt doch gar nicht.“

„Doch. Amos ist garstig. Wir wollen woanders wohnen.“

Ada funkelte Jim böse an. Er hatte Angst, sie würde auf ihn losgehen.

„Können wir Amos sehen?“ fragte Onkel Zeno.

„Ihr könnt nicht reinkommen“, sagte Ada.

„Unser Papa sagt, wir dürfen niemand ins Haus lassen“, ergänzte Beth.

„Ihr könnt hier reingucken“, sagte Ada und zeigte auf das Fenster rechts neben der Haustür. „Da liegt er im Bett.“

Jim ließ die Onkel hinter sich und stieg die Treppe hinauf. Ada und Beth traten beiseite, und er ging an ihnen vorbei über die Veranda. Seine Füße schienen nicht am Körper befestigt zu sein. Er sah zu, wie seine derben Schuhe über die verwitterten Dielen liefen, und hatte das Gefühl, über ihnen zu fliegen und aus großer Höhe auf sie hinunter zu schauen. Er streckte vorsichtig die Hand aus und berührte das Fliegengitter vor dem Fenster mit den Fingerspitzen. Als er sich näher heranbeugte, strömte ihm ein saurer Gestank entgegen und versuchte ihn abzuschrecken; er war so stark, daß die Fäulnis und der Geschmack nach Rost vom Fliegengitter ihm fast die Kehle zuschnürten.

Als sich seine Augen ans Licht gewöhnt hatten, erkannte er ein Bett, das dicht vors Fenster geschoben war. Mitten auf dem Bett lag ein alter, bis auf ein um die Taille geschlungenes Laken nackter Mann. Sein Körper sah aus, als wäre er aus spitzen Stöcken zusammengebaut und mit dem grauen Papier eines Hornissennests bedeckt. An den Fingern und Zehen krümmten sich vergilbte Klauen. Sein Kopf lag in einem verfilzten Nest aus langem weißen Haar; an den eingesunkenen Wangen sproß ein schütterer, wirrer, weißer Bart. Aus dem dunklen Oval seines Mundes drang ein verschleimtes, metallisches Röcheln. Voll Hilflosigkeit ging Jim auf, daß sein Großvater bald sterben würde und daß er nicht wollte, daß er starb.

Jim hatte Jim Glass den Älteren nicht wie seine Mutter und die Onkel gekannt und mit ihm gelebt, sondern sich einen Mann namens Papa aus ihren Geschichten zusammengebaut, und jetzt spürte er, daß sein Vater ihm durch nichts so real geworden war wie durch den leibhaftigen Amos Glass und die Tatsache, daß sein Herz noch schlug. Er hatte immer das Gefühl gehabt, mit seinem Vater in eine Art Spiel verwickelt zu sein, in dem sein Vater immer gerade um die Ecke war und ihm zusah, wenn er hier hinter eine Tür und dort unter ein Bett schaute. Und obwohl er wußte, daß so etwas in Wirklichkeit nicht möglich war, hatte er insgeheim immer in dem Gefühl gelebt, er könnte seinen Vater am nächsten Tag irgendwo aufspüren, er könnte ihm morgen auf einem Pfad im Wald begegnen oder am Fluß auf einem Stein. Doch jetzt ging ihm auf, daß dies nur durch Amos möglich war. Wenn Amos starb, würde sein Vater bald so steinalt und gesichtslos werden wie ein Mann aus der Bibel, wie ein Mann, der immer weiter fortging, bis er schließlich gar nicht mehr zu sehen war. Wenn Amos tot war, würde Jim in der Welt so mutterseelenallein sein wie nie zuvor.

Jim beugte sich so weit vor, daß er mit der Nase das Fliegengitter berührte. Amos' Atem ging unregelmäßig, er japste wie ein Fisch auf dem Trockenen. Jim sah seinen jungen Vater auf die

Straße hinaustreten, seine Habseligkeiten in einen Sack gestopft. Er sah sich zu Jim um und winkte. Jim kratzte leise mit einem Fingernagel am Fliegengitter. Er fühlte sich schwach, so als hätte er nicht die Kraft, mit der Stimme durch das Gitter zu dringen.

„Großvater?" flüsterte er.

Sein Vater wandte sich ab und ging los.

„Großvater? Ich bin's, Jim."

Ihm versagten fast die Beine, als Amos die Augen aufschlug. Jim erkannte das strahlende, feurige Blau, von dem er in Geschichten gehört hatte, nur daß die Farbe mittlerweile durch grauen Star getrübt war und man nur noch einen schwachen Abglanz sah.

„Hallo, Großvater", sagte Jim. „Ich bin gekommen, um dich zu besuchen."

Als Amos keine Antwort gab, verschob Jim seinen Kopf und legte ihn ein wenig schräg, bis sein Gesicht in der Blicklinie des alten Mannes lag. Doch ganz gleich, wohin er ihn bewegte, schien sein Großvater immer gerade einen anderen Punkt zu fixieren, in einer unbestimmten Ferne, die für Jim unerreichbar war. Als ihm die Augen wieder zufielen, nahm Jim die Fingerspitzen vom Fliegengitter und drehte sich zu Ada und Beth um.

„Er hat mich nicht erkannt."

„Er erkennt niemand mehr", sagte Ada.

Jim kletterte auf einen kleinen Felsen, der an der kahlen Stelle am oberen Ende des Tals aus der Bergwand ragte. Auf die Weise war er fast so groß wie die Onkel. Zu ihren Füßen fiel der Berg so steil ab, daß man nur Luft sah. Die späte Abendsonne schien von irgendwo unter ihnen aufzusteigen.

„Wie gefällt dir der Blick von hier oben, Doc?" fragte Onkel Zeno.

Jim zuckte die Achseln. Er wußte weder, wohin er gucken sollte, noch, was er sagen sollte. Nirgends in der weiten grünen Landschaft war eine vertraute Form oder ein herausragendes Merkmal, das ihm bekannt vorkam. Er hatte sein ganzes Leben an einem Fleck verbracht und zu dem Berg emporgeschaut; er war nie auf die Idee gekommen, daß dieser Fleck von oben ganz anders aussah. Die Welt, die er sein Leben lang gekannt hatte, schien nichts mit der Welt, die er jetzt vor sich sah, gemein zu haben.

„Wo wohnen wir?" fragte er.

Onkel Zeno zeigte auf das Tal unter ihnen.

„Siehst du das da in der Mitte? Das ist die Straße, auf der wir gekommen sind."

Jim machte die Straße aus, deren Lehm in der Sonne rötlich leuchtete. Unweit der Straße zog eine kleine Rinderherde ihre Schatten durch eine Weide.

„Und jetzt guckst du auf die andere Seite der Straße", sagte Onkel Coran. „Siehst du das Band mit den Bäumen? Das ist der Jagger Creek."

Jim erkannte durch eine Lücke in den Bäumen in der Sonne glitzerndes Wasser. Er nickte.

„Den verfolgst du bis zum großen Fluß, und da siehst du, wo wir wohnen."

Der Jagger Creek schlängelte sich zwischen die Hügel, durch die sie am Morgen gefahren waren, und trat am anderen Ende wieder hervor. Jim verfolgte seinen Lauf. Als er seiner Richtung sicher war, ließ er seinen Blick vorauseilen bis zu der Stelle, wo er die glatt über die Felder gestreckte Landstraße kreuzte. Auf der anderen Seite der Landstraße lagen die Eisenbahnschienen. Er verfolgte die Landstraße und die Schienen ostwärts, bis er die blechverkleideten Seitenwände von Onkel Corans Entkörnungsschuppen in der Sonne blitzen sah.

Als er einmal den Entkörnungsschuppen ausgemacht hatte, fiel es Jim nicht mehr schwer, den Laden und den Bahnhof und die Häuser der Onkel zu finden. Er fand die Schule und das Feld aus roter Erde, auf dem die Stadtjungs gegen die Bergjungs Baseball gespielt hatten. Dann zählte er die Kirche und das Hotel, die Häuser, Scheunen und Schuppen ab, bis er sicher war, daß alles an seinem Platz war. Er konnte es nicht fassen, wie klein Aliceville in der großen Welt ringsum lag. Wäre sein Heimatstädtchen während seiner Abwesenheit verschwunden, dachte er, hätte sich die Welt nicht merklich verändert. Im Geist versuchte er den Kreis um Aliceville zu ziehen, den sein Urgroßvater McBride einst vermessen hatte, aber das machte die Sache nicht besser. Ihm wurde klar, daß nichts, was er innerhalb des Kreises tun konnte, irgendwen außerhalb des Kreises groß interessieren würde.

Als die Sonne unterging, sahen Jim und die Onkel zu, wie das letzte goldene Tageslicht den Berg bis zur kahlen Stelle hinaufglitt und den Schleier der Dunkelheit hinter sich herzog. Das Licht auf ihren Gesichtern ging aus, und sie drehten sich um und sahen ihm nach, wie es zum Gipfel hinauf wich, wo ein Baum ganz oben trotzig aufglühte, bevor er erlosch. Von der kahlen Stelle sauste urplötzlich ein kalter Wind heran und fuhr Jim in die Beine seiner Latzhose. Sie drehten sich alle vier noch einmal um und ließen einen letzten Blick über die Landschaft schweifen, bevor sie sich auf den Weg ins Tal begaben. Mit Ausnahme der allerhellsten Töne war alles Grün aus der Welt gewichen, so daß sie nur noch mit düsteren Blautönen aufwartete. Zwischen den Bäumen unten am Jagger Creek stieg ein tiefer Nebel auf. Jim sprang vom Felsen und schaute noch einmal in Richtung Aliceville. In Onkel Zenos Haus ging ein einsames Licht an.

„Cissy", sagte Onkel Coran. „Sie hat das Licht auf der Veranda angemacht."

„Wir hätten sie nicht so lange alleinlassen dürfen", sagte Onkel Al. „Einer von uns hätte zu Hause bleiben müssen."

Auf die Entfernung wirkte es, als flackerte das Licht, als müßte es darum kämpfen, in der großen Leere ringsum nicht zu erlöschen. Jim schloß die Augen. Mama stand auf der Veranda, sie schaute zum Berg hinauf und fragte sich, wo er wohl war. Sie setzte sich in den Schnee vor dem Pächterhaus. Penns Finger öffneten sich, und der Baseball fiel ins Gras. Sein Großvater starrte mit milchigblauen Augen an ihm vorbei. Ada und Rehobeth bissen sich auf die Unterlippe, während sie Onkel Coran und Onkel Al zum Laster folgten. Whitey schenkte ihm einen Baseball; Jim warf ihn und traf Penn in den Rücken. Abraham reichte ihm ein Stück Apfel. Sein Vater kam über ein Baumwollfeld auf ihn zu; er ließ seine Hacke fallen, machte einen letzten Schritt und stürzte zu Boden.

Als Jim die Augen wieder aufschlug, sah er Onkel Zenos Gesicht verschwommen unmittelbar über seinem. Zu beiden Seiten von ihm knieten Onkel Al und Onkel Coran.

„Hey, hey, schh", sagte Onkel Zeno. „Was ist passiert?"

Jim holte aus und umfaßte mit einer Geste die Welt jenseits der Bergwand.

Onkel Zeno runzelte die Stirn und schüttelte den Kopf.

„Sie ist zu groß", sagte Jim.

„Wer ist zu groß?"

„Alles."

„Ich versteh dich nicht, Doc."

„Ich bin bloß ein kleiner Junge", sagte er.

Onkel Zeno richtete sich in der Hocke auf. Er sah erst Onkel Coran und Onkel Al an, dann grinste er Jim zu.

„Das wissen wir", sagte er. „Aber du bist *unser* Junge."

Dank

Der Verfasser wünscht den folgenden Menschen und Institutionen zu danken, die es ihm durch ihre moralische und anderweitige Unterstützung ermöglicht haben, dieses Buch zu schreiben: Gordon Kato, Charles und Reba Earley, Donald und Ruth Bell, der Trinity Episcopal Church for Ministry, dem Seaside Institute, der University of the South und der Vanderbilt University.

Der Titel des amerikanischen Originals *Jim the Boy* wurde von einem Buch übernommen, das 1952 von Jim Washburn aus Lake Lure in North Carolina veröffentlicht wurde und den gleichen Titel trug. Der Verfasser möchte Mr. Washburns Angehörigen jedoch versichern, daß er Mr. Washburns Titel nicht gewählt hätte, wenn er selbst einen besseren gefunden hätte.

Klett-Cotta
Die Originalausgabe erschien unter dem Titel „Jim the Boy"
im Verlag Little, Brown and Company, Boston, New York, London

Printed in Austria
Schutzumschlag: Klett-Cotta-Design unter Verwendung eines
Fotos von Bettmann/Corbis/Picture Press
Gesetzt aus der ITC Giovanni von O.A.D.F., Altdorf
Auf säure- und holzfreiem Werkdruckpapier gedruckt
und gebunden von Wiener Verlag, Himberg

ISBN 3-608-93012-4

Geoffrey Beattie:
Corner Boys

Roman

Aus dem Englischen von Christa Schuenke
262 Seiten, broschiert, ISBN 3-608-93464-2

»Drei von den Jungs warn schon da, wie ich kam. Ich hab ihnen kurz zugenickt und mich ganz automatisch neben sie gequetscht, an meinen Stammplatz. Wir haben immer Ecke gesagt, aber eigentlich wars bloß draußen vor der Frittenbude.«

Arbeit gibts keine in Belfast für die Clique an der Ecke, zu der James gehört. Höchstens mal 'nen Gelegenheitsjob als Geldeintreiber für die Stadtteilbosse, alles harte Typen mit Knarren, die schon mal jemand ins Knie schießen. So als Denkzettel, damit der spurt. Was mit seinem besten Freund geschah, war zwar nur eine Scheinexekution. Aber James ist es nicht wohl in seiner Haut. Und da ist noch das Problem mit seiner Freundin Shannon. Eine Katholische. Die Clique darf nichts davon erfahren, sonst ist er unten durch. Als er spannt, daß Shannon bloß jemanden für ihre Rache braucht und James so verliebt ist, daß er drauf reinfällt und bei der Schießerei sein Freund hopps geht – da ist endlich Schluß. James will da raus.

Klett-Cotta

Jaap Scholten:
Achtzig

Roman

Aus dem Niederländischen von Gregor Seferens und Andreas Ecke
252 Seiten, gebunden, ISBN 3-608-93429-4

»Ein starkes Debut. Stilsicher, witzig und atemlos bis zum Schluß. Eine Art Fänger im Roggen plus Buddenbrooks revisited, gut gemixt. Im Mittelpunkt der Handlung steht Frederik, 23jähriger Sproß einer Twenter Textilfabrikantendynastie, der anläßlich des Geburtstages seiner Großmutter wieder einmal die liebe Familie besucht. Unversehens wird aus dieser Visite eine Abrechnung mit überkommenen Traditionen und dem wenig diskreten Charme der Bourgeoisie. Der Protagonist mit Outlaw-Tendenz revoltiert zum Schrecken von Oma, Onkeln und Tanten gegen die Altvorderen und formuliert lapidar sein Lebensziel: ›Am liebsten würde ich mich ins Bett legen oder mit Winona Ryder in die Badewanne.‹«

Erwin Quirchmair / Falter

»Scholtens Romanerstling ist rasant geschrieben und erzählt 'ne gute Geschichte – was will man mehr?«

Stadtmagazin Bielefeld

Klett-Cotta